BBULMEDIA

http://www.bbulmedia.com

Rimun the Great

마도군주

Rimin the Great

마도군주

〈완결〉

5

리먼 대공의 전설

진천(振天) 퓨전 판타지 소설

BBULMEDIA FANTASY STORY

뿔미디어

차 례

연재 지연에 따른 사과문

안녕하세요. 마도군주의 작가, 진천입니다.

개인적인 사정으로 인해 너무나 오랫동안 연재를 하지 못한 점에 대해 독자 여러분들께 진심으로 사과의 말씀 드립니다.

굳이 변명하자면, 부지런을 떨어야 할 몸이 많이 불편했습니다. 이런저런 형편상의 문제도 있었고요. 지금까지 써왔던 소설들과는 다른 시원시원한 이야기를 그려 가는 게 생각만큼 쉽지가 않았습니다. 그러다 보니 차일피일 시간만 허비하고 말았습니다.

정말 죄송합니다. 개인적인 사정이야 말 그대로 변명일 뿐, 이유가 될 수는 없다는 것 잘 알고 있지만 조금 넓은 아량으로 헤아려 주시길 부탁드립니다.

아울러 추후에는 이런 일이 없도록, 더욱 몸과 마음을 다 잡고 글을 쓰겠습니다.

마지막으로 마도군주의 뒷이야기를 오랫동안 기다려 주신 독자님들과 대여점주님들께 다시 한 번 죄송하다는 말씀 전해 드립니다.

진천 올림

Chap.
52

신성 제국의 사절단(下)

1

    지난겨울, 하르페 왕국은 몹시도 추웠다. 예년보다 더 많은 눈들이 쏟아졌다.

    왕국에 머물던 신관들은 피로 얼룩진 대지를 씻기 위해 신들이 눈을 내리게 했다고 말했다. 지나친 전쟁에 대한 신들의 경고라고 떠들어 댔다.

    그러나 대다수의 하르페 왕국민들은 신관들의 말에 코웃음만 쳐 댔다.

    "신들의 경고라고?"

    "흥! 웃기지도 않는군."

    "간신들의 손에 나라가 망해갈 때는 구경만 하던 신들이 이제 와서 왜 난리인 거야?"

    "누가 아니래? 나라가 망하지 않아서 신들이 단체로 심통이라도 낸다는 거야, 뭐야?"

하르페 왕조가 막을 내리고 하밀 왕조가 들어서면서 하르페 왕국민들은 편치 않는 삶을 살아왔다. 한 왕국의 울타리 안에 있으면서도 4대 공작의 눈치를 보며 서로를 적대시하고 경계해야 했다.

만일 신들이 정말로 하르페 왕국을 아낀다면, 그 시절에 나섰어야 했다. 4대 공작이 제멋대로 굴며 하밀 국왕을 모욕하고 나라를 찢어 가지려고 욕심을 부리던 그때에 큰 벌을 내렸어야 했다.

그러나 분열의 위기에 빠진 하르페 왕국을 구한 것은 신들이 아니라 리먼 대공이다.

"그런데 지금까지 쥐 죽은 듯 살던 신관들이 왜 저렇게 설쳐 대는 거야?

"신성 제국에서 법신관이 오고 있다는 소리 못 들었어?"

"법신관은 왜?"

"보나마나 신의 이름을 들먹이며 리먼 대공 전하를 어찌해 보려는 모양이겠지."

"이놈들! 정말 그랬단 봐라. 내가 병사를 자원하는 일이 있더라도 가만있지 않을 테니까!"

"나도 마찬가지야. 솔직히 신관 놈들이 우리한테 해 준 게 뭐가 있어? 안 그래?"

하르페 왕국민들에게 있어 단리명은 신앙, 그 자체였다. 하밀 국왕은 물론 주변국들에서도 명성이 자자하던 4대 공작을 단신으로 무릎 꿇렸으니 신관들이 들먹이는 신들 이상으로 경외감이 드는 게 당연했다.

그러나 이 같은 하르페 왕국의 민심을 신관들은 인정하려 하지 않았다.

"리먼 대공에게 속지 마시오!"

"그는 쥬오르 제국 출신이오!"

신관들은 단리명의 불명확한 출신을 들어 부정적인 분위기를 조장하려 애썼다. 하르페 왕국의 왕국민들이 파블로 법신관과 제13성기사단을 경계하지 않도록 여론을 적당히 조작해 놓아야 했다.

하지만 애석하게도 하르페 왕국민들은 신관들의 주장을 귀담아듣지 않았다.

"속다니? 리먼 대공 전하께서 어디 남을 속이실 분인가? 안 그래?"

"쥬오르 제국 출신이면 또 어때? 여왕이 되실 레베카 왕녀님과 결혼하실 텐데."

오히려 신관들의 말도 안 되는 주장들을 면전에서 무시해 버렸다.

상황이 이쯤 되자 신관들도 당황하기 시작했다.

"리먼 대공에 대한 하르페 왕국민들의 믿음이 생각 이상으로 견고합니다."

"후우. 답답할 노릇입니다. 곧 있으면 법신관과 성기사단이 도착할 텐데요……."

타국에서 고생하는 신관들이 교황의 부름을 받아 신성 제국에 거할 수 있는 유일한 방법은 대신관이나 법신관들의 눈에 드는 것이다.

적당히 세속적인 것에 물들어 있는 대신관들의 경우라면 물질적인 선물을 통해 친분을 쌓을 수 있었다.

그러나 법신관들은 다르다. 섣불리 인연을 맺으려 했다간 파문을 당하게 될 수도 있었다.

고지식한 법신관들이 원하는 것은 단 한 가지밖에 없었다. 바로 종교재판이다.

대신관과 법신관은 모두 최고위 신관으로 분류된다. 그러나 신성 제국 내에서의 영향력은 법신관보다는 대신관이 더 큰 편이다.

그렇다고 모든 면에서 대신관이 법신관보다 나은 것은 아니었다. 신의 뜻을 어긴 자들을 직접적으로 벌할 수 있는 자격은 오직 법신관에게만 있었다.

대신관이 아닌 법신관이 사신의 자격으로 타국을 방문하는 경우는 한 가지뿐이다. 그 나라에 신의 뜻을 어긴 자가 존재하는 경우다.

하르페 왕국으로 오고 있다는 파블로 법신관도 마찬가지였다. 그는 홀로 움직이는 게 아니었다. 신성 제국을 대표하는 12대 성기사단보다도 강력하다고 알려진 제13성기사단과 함께하고 있다.

제13성기사단뿐만이 아니다. 파블로 법신관의 이름도 대단했다.

신성 제국에 있는 수많은 법신관들 중 파블로 법신관의 강력한 의지와 신성력은 다섯 손가락 안에 들 정도.

일반적으로 법신관보다 신성력이 높다고 알려져 있는 대신관들 중에서도 파블로 법신관보다 높은 신성력을 지닌 이들은 손에 꼽힐 정도였다.

악명 높기로 유명한 파블로 법신관과 제13성기사단. 그들이 하르페 왕국으로 온다는 소문을 들은 순간부터 하르페 왕국에 머물고 있던 신관들은 한 가지만 생각해 왔다. 리먼 대공을 종교재판에 끌어들이는 것이다.

파블로 법신관이 직접 움직일 정도라면 그 대상은 하르페 왕국의 고위 귀족일 게 틀림없었다.

이미 4대 공작들 중 셋이 제거가 된 상황에서 위축된 칼리오스 공작을 노리고 나섰을 리는 없을 터. 결과적으로 신성 제국에서 원하는 게 리먼 대공이라는 뜻이 된다.

그래서 신관들은 리먼 대공에 대한 부정적인 인식을 심어 주기 위해 노력했다. 그에 대한 소문들을 조작하고 그의 행적들을 왜곡하려 노력했다.

그러나 애석하게도 뜻대로 되지 않았다. 그들이 생각했던 것 이상으로 리먼 대공을 향한 하르페 왕국민들의 믿음은 굳건하기만 했다.

그렇다고 이대로 포기할 수도 없는 노릇이었다.

파블로 법신관이 리먼 대공에게 밀려 물러난다면 하르페 왕국 내 신성 제국의 영향력은 더욱 약해지고 말 것이다. 그렇게 될 경우 자신들이 교황의 부름을 받을 가능성은 사라지고 말 것이다.

어떻게 해서든 파블로 법신관의 눈에 들어야 했다. 파블로 법신관이 리먼 대공을 종교재판으로 회부할 수 있도록 도와야 했다.

"마지막 방법을 동원해야겠습니다."

젊은 신관 하나가 넌지시 말을 꺼냈다. 그러자 다른 신관들이 깜짝 놀라며 고개를 들었다.

"마지막 방법이라면… 설마?"

"예, 증거를 만들어야지요."

"흐음…… 너무 위험한 방법 아닙니까?"

"위험하긴 하겠지요. 하지만 지금으로서는 다른 방법이 없지 않습니까?"

젊은 신관의 말에 다른 신관들도 하나둘씩 고개를 끄덕거렸다. 그의 말처럼 지금으로서는 리먼 대공을 신성모독으로 엮을 다른 방법이 없었다.

2

신관들이 은밀히 증거들을 준비할 무렵.

"여기가 하르페 왕국인가?"

파블로 법신관과 제13성기사단이 하르페 왕국의 국경에 도착했다.

"저쪽에 초소가 보이는 것 같습니다. 제가 가서 넌지시 일러 놓겠습니다."

파블로 법신관을 보좌하는 성신관(고위 신관) 에가엘로스가 가볍게 고개를 숙였다.

비록 자신들이 신성 제국의 사신들이라 해도 타국을 방문하는 절차는 지켜야 했다. 설사 교황이 직접 나섰다 해도 타국의 허락 없이 무단으로 국경을 넘는 것은 침략 의지로 비춰질 수 있었다.

그러나 파블로 법신관의 생각은 달랐다.

"굳이 그럴 필요 있겠는가?"

"예?"

"저들은 누가 봐도 천주의 검들이다. 그런데 뭐가 문제란 말인가?"

파블로 법신관이 뒤쪽에 늘어선 제13성기사단을 가리키며 말했다.

쿵!

파블로 법신관의 말이 떨어지기가 무섭게 제13성기사단의 1천 기사들이 동시에 발을 굴렀다.

신성 제국을 상징하는 금빛 십자가를 가슴에 새긴 성기사들의 위용은 실로 대단했다. 파블로 법신관의 말처럼 다른 누가 보더라도 신성 제국의 기사들이란 사실을 부정할 수는 없을 것 같았다.

하지만 국가 간의 관계라는 게 파블로 법신관의 생각처럼 단순하지가 않았다.

더욱이 상대는 혼란을 수습한 하르페 왕국이다. 예전의 사분오열되었던 하밀 왕국이 아닌 것이다.

"저들 중에 성기사들을 직접 본 이들이 몇이나 되겠습니까. 제가 가서 일러 놓겠습니다."

성신관 에가엘로스가 다시 한 번 파블로 법신관을 설득했다. 파블로 법신관이 사신으로서 타국을 방문하는 게 처음이라서 그러는 것이라고 생각했다.

그러나 파블로 대신관도 신성 제국을 대표하는 사신으로서 타국에서 멋대로 굴어서는 안 된다는 것쯤은 이미 알고 있었다. 그럼에도 굳이 무리를 하려는 것은 상대의 반응을 보기 위함이었다.

"에가엘로스 성신관."

"말씀하십시오. 법신관님."

"그대는 천주의 종인가, 아니면 신성 제국의 사신인가?"

"그, 그게……."

갑작스런 파블로 대신관의 질문에 에가엘로스 성신관은 말문이 막혔다.

자신이 하르페 왕국을 방문한 것은 신성 제국의 사신이기 때문이다. 그러나 신성 제국의 사신이 된 것은 천주의 부름을 받았기 때문이다.

천주의 종으로서 신성 제국의 입장을 쫓는 게 무엇이 잘못됐냐고 할지도 모른다. 그러나 신성 제국 신관들에게 가장 중요한 것은 신성 제국의 입장이 아니라 천주의 이름을 드높이는 것이다.

"저는… 천주의 종입니다."

에가엘로스 성신관이 입술을 꾹 깨물었다.

"그 말 잊지 말도록."

파블로 법신관이 싸늘한 목소리로 경고했다.

하르페 왕국 남동쪽 제28국경 수비 초소.

"응?"

망루에 올라가 있던 병사가 눈을 부릅떴다. 전방에서 정체 모를 기사들이 다가오고 있었다.

"누군가 옵니다!"

병사가 아래 쪽에 있던 기사에게 소리쳤다.

"제길, 신성 제국이군."

후다닥 망루에 올랐던 기사가 이맛살을 찌푸렸다.

신성 제국 기사단이 오고 있다는 사실이 제28국경 수비 초소대장인 이에로 남작에게 보고되었다.

"어찌할까요?"

기사 게이라가 물었다. 그러자 성격 급한 기사 파비노가 언성을 높였다.

"사전 통보도 없이 몰려오는 것은 분명 침략 행위입니다. 경고해야 합니다!"

제아무리 신성 제국이라 할지라도 한마디 양해도 없이 무작정 타국의 국경으로 병력을 끌고 오는 것은 위법 행위였다. 정식으로 항의할 경우 국제적인 문제로까지 번질 수 있는 사안이었다.

그러나 남부 대륙의 실질적인 중재자 역할을 자처해 온 신성 제국을 너무 적대시하는 것도 문제가 있었다. 게다가 신성 제국의 사절단이 하르페 왕국으로 오고 있다는 소문은 오래 전부터 퍼져 있었다.

"상대는 신성 제국입니다. 신중히 결정하셔야 합니다."

기사 게이라가 걱정스런 목소리로 말했다. 남부 대륙에서 가장 강한 영향력을 행사하고 있는 신성 제국과 불미스러운 일을 만들어서 좋을 게 없었다.

그러자 기사 파비노가 발끈하며 끼어들었다.

"아닙니다. 남작님! 지금 당장 신성 제국의 오만함을 꾸 짖으셔야 합니다!"

제28국경 초소를 책임지는 두 기사가 서로 상반된 목소 리를 내놓았다.

"흐음……."

이에로 남작이 나직이 신음을 흘렸다. 신성 제국의 성기 사들이 점점 가까이 다가오는 상황이지만 그는 쉽사리 결론 을 내릴 수가 없었다.

예전 같았다면 군말 없이 초소를 열고 신성 제국의 성기 사들을 맞았을 것이다.

하지만 지금은 달랐다. 리먼 대공의 등장으로 무너져 가 던 나라가 다시 제자리를 찾아가는 지금은 무작정 고개를 숙여서는 안 되는 것이다.

무엇보다 신성 제국에서 대신관이 아닌 법신관을 사신으 로 보낸 저의도 수상했다.

항간에는 신성 제국에서 리먼 대공을 신성모독으로 엮어 넣으려 한다는 소문까지 나돌고 있었다.

비록 보잘것없는 국경 초소의 대장이지만 하르페 왕국의 자존심을 지키기 위해서는 원칙대로 신성 제국의 기사들을 상대해야 했다. 그로 인해 어떤 결과들이 벌어지더라도 지금은 자신의 역할에 최선을 다해야 했다.

"게이라."

"말씀하십시오."

"지금 즉시 보만 남작령으로 가라. 가서 신성 제국의 움직임을 전하라."

"알겠습니다."

"파비노. 그대는 나와 함께 신성 제국을 상대한다."

"그 말씀을 기다렸습니다."

이에로 남작은 어려운 결단을 내렸다. 최악의 경우 목숨을 잃을 수도 있지만 국경 초소의 대장으로서 하르페 왕국의 자존심을 지키고 싶었다.

그런 이에로 남작의 결정에 기사 게이라와 기사 파비노도 군말 없이 따랐다.

4

"몸조심 하십시오."

신성 제국의 기사들이 들이닥치기 직전, 기사 게이라가 말을 타고 보만 남작령으로 내달렸다. 그러는 사이 기사 파비노는 허름한 초소 문을 걸어 닫고 망루 위에서 신성 제국의 기사들을 맞았다.

"허, 많이도 왔구나."

1천에 달하는 제13성기사단을 내려다보며 기사 파비노가 혀를 내둘렀다.

초소의 병력을 모두 합쳐 봐야 채 300이 되지 않는다.

그들 중 기사는 자신과 게이라뿐이다. 나머지는 평범한 병사들이었다.

만일 이대로 신성 제국과 전면전을 벌인다면 전멸을 각오해야 했다. 그렇다고 이제 와서 꼬리를 내리고 성 문을 열고 싶지는 않았다.

"멈추시오!"

크게 숨을 들이켠 기사 파비노가 있는 힘껏 소리쳤다.

그 목소리가 진군하던 제13성기사단을 멈춰 세웠다. 그 사실이 파블로 법신관을 분노하게 만들었다.

"천주의 정병들이다! 문을 열어라!"

파블로 법신관을 대신해 제13성기사단장인 가브리엘 백작이 소리쳤다. 본래라면 방문 목적과 교황의 직인이 찍힌 통행증을 보여야 옳았다.

하지만 미리 파블로 법신관의 언질을 받은 가브리엘 백작은 모든 절차를 무시해 버렸다.

그런 가브리엘 백작의 기세에 초소 병사들이 몸을 떨었다.

꿀꺽.

기사 파비노도 자신도 모르게 마른침을 삼켰다.

Chap.
53

파블로 법신관의 도발

1

"문을 열어라!"

가브리엘 백작이 언성을 높였다.

"먼저 무슨 일 때문에 왔는지부터 알리시오!"

기사 파비노도 지지 않고 맞섰다.

허름한 초소를 사이에 둔 양측의 대치는 생각 이상으로 팽팽했다.

가브리엘 백작은 어떻게 해서든 하르페 왕국의 무례를 끄집어내기 위해 도발했다. 그런 상대의 속내를 꿰뚫어 본 기사 파비노도 최대한 예의를 갖추며 신성 제국의 무례한 군사 행동에 항변했다.

그러나 그것은 단순히 기 싸움일 뿐이었다. 실제 눈에 보이는 양측의 전력을 따져 보더라도 싸움은 이미 끝이 난 것이나 다름이 없었다.

가브리엘 백작의 뒤에는 갑옷과 신성력으로 무장한 신성 제국 최강의 성기사 1천이 버티고 있었다.

반면 기사 파비노의 곁에는 제대로 된 장비조차 지급받지 못하고 변방을 지켜 온 제28국경 초소 경비 병력 3백이 전부였다.

목책을 두른 초소 안에서 버틴다 하더라도 큰 도움이 될 것 같지는 않았다.

괜히 섣불리 덤벼들었다간 애꿎은 병사들만 희생시킬 뿐이었다.

"어찌할까요?"

초소 쪽에서 별다른 반응이 없자 가브리엘 백작이 파블로 법신관의 지혜를 구했다.

가브리엘 백작이 생각한 최선의 방법은 상대가 겁도 없이 천주를 모욕하고 신성 제국을 도발하는 행동을 취해 주는 것이었다.

그렇게만 된다면 어렵지 않게 기사들을 움직여 초소를 박살 낼 생각이었다.

하지만 초소의 대응은 예상 이상으로 꼼꼼했다. 이대로는 원하는 걸 얻기 어려울 것 같았다.

"흐음……."

파블로 법신관도 나직이 신음했다. 일개 국경 처소에서 자신과 제13성기사단의 발걸음이 멈췄다는 게 솔직히 마음에 들지가 않았다.

그때였다.

"지금이라도 절차대로 하는 편이 낫지 않을지요."

잠자코 있던 성신관 에가엘로스가 넌지시 말을 꺼냈다. 만일 필요하다면 자신이 직접 나서서 하르페 왕국 측과 일을 풀어 볼 마음도 있었다.

그러나 파블로 법신관은 하르페 왕국의 비위를 맞춰 가며 진군하고 싶은 마음이 조금도 없었다.

하르페 왕국이 얼마 전까지만 해도 분열 위기에 놓였기 때문이 아니다.

대신관이 아닌 법신관인 자신을 사신단의 총책임자로 임명한 교황의 뜻을 받들기 위해서다.

"가브리엘 백작."

"말씀하십시오. 파블로 법신관님."

"저 허름한 문은 천주께서 열어 주실 것이오. 그러니 문이 열리면……."

"그 다음 일은 걱정하지 마십시오."

의견 조율을 끝낸 가브리엘 백작이 부기사단장들을 불러 모아 작전을 일렀다.

그러는 사이 파블로 법신관은 마음을 가라앉히고 나직이 기도문을 중얼거렸다.

우우우웅!

파블로 법신관의 신성력이 발동하자 주변을 감싸던 대기가 잦게 요동치기 시작했다.

"윽! 갑자기 귀가 안 들려!"

"뭐가 어떻게 된 거지?"

신성력의 파동을 접한 초소의 병사들이 하나같이 귀를 틀어막고 주저앉았다.

반면 신성력에 보호를 받고 있는 성기사들은 멀쩡했다.

"제길!"

뒤늦게 파블로 법신관이 신성 마법을 사용하려 한다는 사실을 깨달은 기사 파비노가 입술을 깨물었다.

마음 같아서는 당장 초소 밖으로 달려 나가 파블로 법신관을 막아서고 싶었다.

하지만 수많은 성기사들을 뚫을 실력도 되지 않을 뿐만 아니라 괜히 나섰다가 더 큰 분란을 일으키게 될 수도 있었다.

"다들 아래로 내려가! 어서!"

파블로 법신관의 주변으로 정체 모를 빛들이 모여들자 기사 파비노가 다급히 소리쳤다.

병사들도 비틀거리는 몸을 이끌고 목벽 아래로 내려갔다. 그로부터 잠시 후.

"천주의 의지를 막지 마라!"

파블로 법신관의 노성과 함께 어마어마한 신성력이 초소의 문을 그대로 후려쳤다.

콰쾅!

눈부신 빛에 이어 요란한 굉음이 터졌다. 그와 동시에 초소의 문이 박살나듯 떨어져 나갔다.

"지금이다! 초소를 장악하라!"

그 틈을 놓치지 않고 초소의 좌우에서 대기하던 제13성
기사단이 초소 안으로 뛰어들어 갔다.

"마, 막아라!"

꽹음을 듣고 달려온 이에로 남작이 다급히 소리쳤다.

"이놈들!"

"어림없다!"

신성력에 넋이 나가 있던 병사들이 재빨리 창대를 쥐고
성기사들을 막아섰다.

하지만 초소의 병사들이 익힌 창술만으로는 성기사들의
검술을 당해 낼 수가 없었다.

"컥!"

"크억!"

눈 깜짝할 사이에 초소의 병사들이 제압당했다. 살생을
자제하라는 가브리엘 백작의 지시가 없었다면 그들 전부가
목숨을 잃었을 것이다.

그렇다고 겁도 없이 자신들의 앞길을 가로막은 이들을 이
대로 용서할 수도 없는 일이다.

"감히 천주의 뜻을 거스르다니! 앞으로 그 죗값을 치르게
될 것이다!"

파블로 법신관은 상처 입고 신음하는 초소 병사들에게 억
지로 신성력을 주입했다.

"으윽!"

"그, 그만……!"

병사들의 입에서 절로 자지러지는 비명이 터졌다. 상처를

치료할 의지가 전혀 없는 신성력들이 오히려 상처를 헤집고 들어가며 병사들을 고통스럽게 만들었다.

"다 제 잘못입니다! 그러니 그만하십시오!"

보다 못한 이에로 남작이 나섰다. 자신의 결정으로 벌어진 일이니 자신이 책임을 지고 싶었다.

하지만 파블로 법신관이 원하는 것은 누군가가 책임을 지는 게 아니다. 자신들의 앞을 가로막는 이들이 어떻게 되는지를 똑똑히 경고하고 싶을 뿐이었다.

"네놈들이 진심으로 회개한다면 천주께서도 용서해 주실 것이다. 그러나 끝까지 죄를 뉘우치지 않는다면 죽을 때까지 고통 속에서 살게 될 것이다."

신음하는 병사들에게 파블로 법신관이 냉정한 말을 남겼다. 이제야 비로소 속이 풀린 것일까. 그의 입가로 잔인한 웃음이 번졌다.

2

"가자!"

순식간에 제28국경 초소를 박살 낸 파블로 법신관과 제13성기사들이 다시 보만 남작령으로 길을 잡았다.

그로부터 잠시 후.

"허허……."

정체 모를 금발 노인과 소년 하나가 제28국경 초소에 도착했다.

"그놈들 참 독하기도 하구나."

사방에 널브러진 하르페 왕국의 병사들을 바라보며 금발 노인이 혀를 찼다.

"저자들은 신성 제국의 성기사들 아닌가요? 성기사들이 왜 이곳까지 온 거죠?"

소년이 이해가 되지 않는다는 얼굴로 물었다. 그러자 금발 노인이 소년의 머리통을 쥐어박았다.

"이 녀석아! 그런 건 가디언인 네 녀석이 알아와야지 그걸 나한테 묻는 게냐?"

"으아악, 아파요! 밖에서는 할아버지와 손자처럼 굴라고 하셨잖아요!"

소년이 억울하다는 듯 항변했다.

하지만 아무리 유희 중이라 하더라도 일개 가디언의 불만이 괴팍하기로 소문난 아마데우스에게 먹혀들 리 없었다.

"어디 한 군데 부러지고 싶어서 앙탈이라도 부리는 거냐, 응?"

아마데우스가 큼지막한 눈을 부라렸다. 인간으로 폴리모프를 한 상태이지만 인간과는 전혀 다른 눈동자가 당장에라도 소년을 집어삼킬 것처럼 꿈틀거렸다.

"자, 잘못했어요. 아마데우스 님."

소년이 냉큼 고개를 숙였다.

"오냐! 진즉 이랬으면 좋지 않으냐?"

비로소 자신이 원하던 조손지간의 관계가 성립된 듯 아마데우스가 껄껄 웃었다.

"그런데 아마데우스 님. 저들은 왜 저렇게 고통스러워하는 걸까요?"

소년이 고통으로 신음하는 하르페 왕국의 병사들을 가리키며 고개를 갸웃거렸다.

조금 전 신성 제국의 성기사들은 일부러 살생을 피하는 듯한 분위기였다. 함께 그 모습을 지켜보던 아마데우스도 쓸데없이 힘만 쓰고 있다며 혀를 찼다.

그런데 막상 제28국경 초소에 와 보니 하르페 왕국의 병사들이 치명상이라도 입은 것처럼 하나같이 정신을 차리지 못하고 있었다.

소년이 슬쩍 아메데우스를 올려다봤다.

"신성력이 많다고 좋은 것은 신성 제국 놈들 뿐이거든."

아마데우스가 괴팍스럽게 얼굴을 찌푸렸다.

"그게 무슨 말씀이세요?"

소년이 이해할 수 없다는 듯 고개를 갸웃거렸다.

"쓸데없는 신성력은 독이 된다는 말이다."

아마데우스가 굳은 얼굴로 병사들에게 다가갔다.

"으으으……."

"사, 살려……."

제28국경 초소의 모든 병사들이 지나친 신성력으로 인해 신음하고 있었다.

"뭣 때문에 이런 짓을 벌였는지 모르겠다면, 이렇게 쓰라고 신성력을 나눠 준 게 아니다."

쯧쯧 혀를 차던 아마데우스가 하르페 왕국의 병사들을 향해 커다란 손을 뻗었다.

우우우웅!

손에서 눈부신 빛이 퍼져 나갔다. 그 빛들이 병사들을 억누르던 신성력들을 흐트러뜨리기 시작했다.

"커억!"

"허억. 허억."

어렵게 신성력의 저주에서 벗어난 병사들이 거칠게 숨을 몰아쉬었다. 그 사이 아마데우스는 아무 일도 없었다는 것처럼 소년을 끌고 초소를 벗어났다.

"이대로 가시는 거예요?"

"그럼?"

"하찮은 인간들을 도와주셨잖아요. 다른 이유가 있으셨던 것 아니에요?"

아마데우스 사전에 이유 없는 도움이란 없었다. 특히나 대륙을 어지럽히는 주범으로 단정 짓던 인간들을 선심 쓰듯 도와줄 리 없었다.

그러나 가끔은 예외라는 것도 있었다.

"이 멍청한 녀석아! 여기가 어디냐?"

"어디… 라니요? 하르페 왕국이잖아요."

"그 나라를 누가 다스리더냐?"

"하르페 왕국이라면 이제… 아!"

뒤늦게 레베카를 떠올린 소년이 머쓱한 듯 뒷머리를 긁적거렸다.

아마데우스가 레베카를 친 딸 이상으로 끔찍하게 여긴다

는 걸 모르는 드래곤은 없었다.

솔직히 가족의 의미가 크지 않은 드래곤 사회에서 아마데우스의 레베카 사랑은 조금 유별나게 느껴질 정도였다.

하지만 아마데우스는 단순히 입으로만 레베카를 아끼고 사랑하는 게 아니었다. 레베카가 다스리는 하르페 왕국에 살고 있다는 이유만으로 고통 받는 제28초소의 병사들을 도와준 것이다.

"아마데우스 님. 친절하세요."

아마데우스의 마음 씀씀이에 감격한 것일까. 소년이 코끝을 훔쳤다. 레베카에 대한 마음의 반의 반의 반이라도 자신에게 써 줬으면 좋겠다라는 생각도 들었지만 냉혈한이라 불리는 다른 드래곤들과는 어딘가 달라 보였다.

그러자 아마데우스가 보란 듯이 코웃음을 쳤다.

"쓸데없는 소리 말고 길이나 안내해라. 이거 내가 가디언인지 네가 가디언인지 모르겠구나."

"지, 지금 나서려고 했어요."

아마데우스의 으름장에 찔끔 놀란 소년이 재빨리 앞 쪽으로 나아갔다.

"아까 그놈들을 쫓아가 볼 생각이니까 놓치지 말고 잘 따라가거라."

아마데우스가 대수롭지 않은 얼굴로 중얼거렸다.

하지만 앞장서 걷는 소년은 아마데우스가 무슨 생각인지 알 것 같았다.

문제의 성기사들은 가는 곳마다 천주의 뜻을 빙자해 일을 벌일 것이다. 그들이 벌인 일들을 뒷수습하기 위해서라도 제13성기사단을 쫓아갈 필요가 있었다.

여기까지는 소년도 이해가 갔다. 하지만 뒤이어 또 다른 의문점이 생겼다.

'그렇다면 왜 아마데우스 님이 직접 나서서 성기사들을 혼내 주시지 않는 거지?'

레베카가 다스리는 하르페 왕국의 백성들이 성기사들에게 핍박받는 게 싫다면 아마데우스가 직접 나서면 그만이다.

굳이 드래곤으로서 나서지 않더라도 성기사들을 괴롭힐 방법은 충분했다.

'혹시 레베카 님과 결혼한다는 그 마족 때문인가?'

앞서 걷던 소년이 슬쩍 뒤쪽을 힐끔거렸다. 그러자 귀신같이 알아챈 아마데우스.

"제대로 길 안내 못해?"

슬쩍 손을 휘저어 바람을 일으켜 소년을 저만치 튕겨 내 버렸다.

3

제28초소를 박살 낸 지 이틀 뒤.

"이곳이 보면 남작성입니다."

제13성기사단이 보면 남작성에 도착했다.

"어서 오십시오."

국경 초소의 소식을 전해 들은 보면 남작이 알아서 성문을 열었다. 혹시라도 괜한 꼬투리가 잡힐까 봐 조심 또 조심하는 분위기였다.

그러나 지나치게 몸을 낮춰도 문제였다.

"남작님이 신관들을 식사에 초대했다며?"

"말도 마. 검깨나 쓴다는 성기사들에게는 몰래 하녀도 보냈나 보더라고."

제13성기사단을 향한 보면 남작의 지극 정성은 금세 영지민들에게까지 퍼져 나갔다.

그러나 보면 남작은 눈 하나 까딱 하지 않았다.

어차피 왕실에서는 변방의 영지까지 신경 쓸 여력이 없었다.

"너무하기는. 이런 게 바로 생존 전략이라는 거야."

제13성기사단을 융숭히 대접하고 보낸 보면 남작이 스스로를 자찬했다.

신성 제국의 사신단을 잘 대접했으니 이제 신의 축복을 받을 것이라며 떠들어 댔다.

그러나 그 다음 날.

"으아아아악!"

보면 남작은 정체불명의 도둑에 의해 비밀 창고가 몽땅 털리는 비운을 맛봐야 했다.

Chap.
54

두 가지 소문

1

제13성기사단이 오고 있다!

제28국경 초소에서 시작된 소문이 하르페 왕국 전역으로 빠르게 퍼져 나갔다.

"이야기 들었어?"

"국경 초소가 박살이 났다며?"

"어디 그뿐이야? 노이란 자작령도 법신관에게 된통 당했다나 봐."

하온을 향해 길을 잡은 파블로 법신관과 제13성기사단은 중간에 거쳐 가는 모든 영지에서 신성 제국과 천주의 이름을 앞세웠다.

천주의 이름을 듣고 먼저 성문을 연 영주들에게는 축복을 내렸다.

반면 겁도 없이 천주의 정병들을 가로막은 이들에게는 그에 합당한 벌을 내렸다.

물론 이곳이 신성 제국이 아닌 만큼 파블로 법신관도 함부로 목숨을 앗아가거나 하지는 않았다. 그러나 죽음보다 더 끔직한 고통을 안겨 주었다.

보면 남작과는 달리 성문을 굳게 닫은 채 제13성기사단을 맞았던 노이란 자작은 신성력에 잠시 눈이 머는 일을 겪어야 했다.

뒤늦게 나타난 아마데우스가 마법으로 치료해 주기 전까지 노이란 자작은 평생 앞을 볼 수 없다는 불안감에 떨며 지내야 했다.

노이란 자작의 오랜 친구인 에토오 남작도 마찬가지였다. 노이란 자작에게 행한 행동에 항의를 하다 턱이 굳어지는 수모를 당했다.

다행히 아마데우스가 나타나 치료를 해 주었지만 에토오 남작은 무려 이틀간을 식사조차 하지 못했다.

이 같은 소식이 전해지면서 하르페 왕국민들의 불만이 팽배해졌다.

"나 참. 여기가 신성 제국이야? 왜 신성 제국 놈들이 와서 설쳐 대는 거야?"

"누가 아니래? 누구 마음대로 귀족들을 괴롭히고 다니는 거야?"

평소 미워하던 귀족들이라 하더라도 다 같은 하르페 왕국의 사람들이다.

귀족들이 신성 제국에게 망신을 당하는 게 꼭 자신들의 일만 같아 속에서 열불이 났다.

그런 줄도 모르고 신관들은 하르페 왕국 전역을 돌며 백성들을 자극했다.

"회개하시오!"

"지금이라도 늦지 않았소!"

신관들은 한목소리로 지금까지의 잘못을 회개하고 신들의 뜻을 따라야 한다고 말했다. 하르페 왕국이 부침을 겪으며 지금껏 고생했던 이유도 다 백성들이 천주를 외면했기 때문이라고 주장했다.

"천주의 사자들이 하온으로 오고 있습니다!"

"심판받지 않으려면 회개해야 합니다!"

일부 신관들은 한 술 더 떠 제13성기사단을 들먹거리며 하르페 왕국민들을 협박했다. 심판을 피하기 위해서는 회개는 물론 물질적인 봉사를 해야 한다며 헌금을 강요하는 이들까지 생겨났다.

그러나 하르페 왕국민들은 신관들의 말에 동요하지 않았다. 그들에게는 리먼 대공이 있었다.

"신성 제국 놈들이 하온으로 온다고 했지?"

"그래. 소문을 듣자 하니 리먼 대공 전하께서도 단단히 벼르시는가 보더라고."

"리먼 대공 전하께서 신성 제국 놈들을 단단히 혼내 주셨으면 좋겠어."

"로데우스 후작님과 하이베크 후작님이 계시는데 대공 전하에게까지 차례가 오겠어?"

4대 공작과의 싸움을 거치며 단리명의 무용담은 전설처럼 왕국 전역에 퍼져 있었다. 오랫동안 갈라져 있던 나라를 하나로 만들기 위해 단리명을 구심점으로 만든 것이다.

그런데 그 무용담이 점점 와전되면서 단리명을 신처럼 떠받드는 이들까지 생겼다.

"리먼 대공 전하시라면 문제없어."

"입 아프게 당연한 이야기를 해서 뭐해?"

소문에 따르면 리먼 대공은 티마르 공작의 마법을 쪼개고 발렌시아 공작의 검을 꺾었다고 한다. 칼리오스 공작이 리먼 대공에게 충성을 다하는 이유도 은밀한 대결에서 완벽하게 패했기 때문이라고 했다.

바르카스 공작을 제외한 4대 공작들이 전부 리먼 대공에게 무릎을 꿇었다.

하르페 왕국의 백성들이 리먼 대공에게 기대를 갖는 것도 무리는 아니었다.

"신성 제국 놈들이 오고 있다고?"

"흥! 올 테면 와 보라지!"

하르페 왕국의 백성들인 파블로 법신관과 제13성기사단이 하온으로 오고 있다는 사실을 조금도 겁내거나 두려워하지 않았다.

오히려 그들이 중간에 신성 제국으로 되돌아가는 일이 없기를 바랐다.

2

대공 전하께서 보내신 마법사가 신성 제국에 맞선 귀족들을 보호하고 있다.

신성 제국의 사절단이 오고 있다는 소식과는 별개로 귀족들 사이에서 묘한 소문이 퍼졌다. 단리명이 보낸 뛰어난 마법사가 파블로 대신관에게 당한 귀족들을 은밀하게 치료해 주고 있다는 것이다.

"어떻게 된 일인지 알아봐!"

스탈란 남작은 즉시 사람들을 시켜 사실 파악에 나섰다. 그리고 며칠이 지나지 않아 스탈란 남작의 책상 위로 보고서들이 수북이 쌓였다.

제28국경 초소에 배치된 병사 아키슨의 증언에 따르면 파블로 법신관의 신성력으로 고통받고 있는 자신들을 정체 모를 노인이 마법을 사용해 구해 주었다고 함.

노이란 자작가의 총집사 비에란의 증언에 따르면 파블로 법신관이 만들어 낸 신성한 빛에 노이란 자작의 눈이 멀었고, 치료사조차 실명을 확인시켜 주었는데 정체 모를 노인이 식객을 자처하고 나타나 마법을 사용해 노이란 자작의 시력을 되찾아 주었다고 함.

에토오 남작의 둘째 아들 에반의 증언에 따르면 파블로 법신관이 천주를 모독한다는 이유로 에토오 남작의 턱을 굳게 만들었고 치료사조차 치료할 방도가 없다고 손을 뗐는데 정체 모를 노인이 나타나 마법으로 치료해 주었다고 함.

이 외에도 정체 모를 노인이 이뤄 낸 기적들은 하나둘이 아니었다.

그러나 귀족들이 굳게 입을 다문 탓일까?

노인에 대한 소문이 왕국민들에게까지 퍼져 나가지는 않은 것 같았다.

"정체 불명의 노인. 그리고 마법이라."

손가락으로 책상을 두드리던 스탈란 남작이 그대로 왕실 마법관으로 향했다.

"무슨 일이십니까?"

왕실 마법관 입구에서 나이 지긋한 마법사 하나가 스탈란 남작을 막아 세웠다.

왕실 마법관의 출입을 허락받은 것은 왕족들과 백작 이상 고위 귀족들 뿐이었다.

지금까지의 공을 인정받아 스탈란 남작도 백작위 이상을 받을 가능성이 높았다. 그러나 애석하게도 아직 그의 작위는 남작에 불과했다.

"샤이니아 님을 뵈러 왔습니다."

스탈란 남작이 정중한 목소리로 청했다.

"잠시만 기다리십시오."

마법사가 안쪽을 경계하는 마법사에게 스탈란 남작의 말을 전했다.

잠시 후.

"날 찾았다고?"

마법 실험에 열중이던 샤이니아가 모습을 드러냈다.

"한 가지 여쭙고 싶은 게 있어서 찾아왔습니다."

스탈란 남작은 먼저 예를 갖췄다. 비록 자신보다 늦게 합류했다 하더라도 상대는 하르페 왕국의 왕실 마법관을 이끌 수장이었다.

그런 스탈란 남작의 모습이 마음에 드는 듯 샤이니아가 슬쩍 미소를 보였다.

"물어봐. 내가 아는 것이라면 대답해 줄 테니까."

"일단 이걸 봐 주시겠습니까?"

스탈란 남작이 정체 모를 노인과 관련된 보고서를 샤이니아에게 내밀었다.

"이게 뭐지?"

궁금한 얼굴로 보고서를 훑어 내려가던 샤이니아의 표정이 점점 굳어졌다.

보고서의 내용이 이어질수록 그녀의 머릿속에서는 위험한 일족의 웃음소리가 들려왔다.

"이, 이게 사실이야?"

샤이니아가 잔뜩 상기된 얼굴로 되물었다.

"역시, 아시는 분입니까?"

자신의 예상이 들어맞자 스탈란 남작이 반짝 눈을 빛냈다.

스탈란 남작은 샤이니아라면 문제의 노인이 누구인지 알수도 있을 것이라 여겼다. 어쩌면 만약을 대비해 리먼 대공이 은밀히 지시해 보낸 왕실 마법관 소속의 마법사일 가능성도 높아 보였다.

하지만 문제의 노인은 마법관 소속 마법사가 아니었다. 만일 그랬다면 샤이니아가 이토록 놀라지 않았을 것이다.

"이 일을 대공 전하께 보고했어?"

"샤이니아 님께 확인 먼저 하려고 찾아온 것입니다."

"그렇다면 됐어. 내가 좀 더 알아볼 테니까 당분간 대공 전하께는 비밀이야. 알았지?"

"……예?"

갑작스런 샤이니아의 말에 스탈란 남작이 의아함을 드러냈다.

하지만 그가 무슨 의도로 왕국을 찾았는지 알기 전까지는 샤이니아도 해 줄 말이 없었다.

3

샤이니아가 스탈란 남작을 통해 아마데우스의 등장을 알아챈 무렵.

"큰일 났다."

"무슨 일인데?"

"아마데우스 님께서 오시는 모양이야."

"뭐? 그게 정말이야?"

하이베크와 로데우스도 아마데우스가 레어를 벗어났다는 사실을 알아챘다.

"언제? 갑자기 왜?"

"며칠 지나지 않은 것 같아. 이유는 아마도 레베카 때문인 것 같고."

"제길! 하필 이런 때에!"

로데우스가 아마데우스를 피해 도망이라도 갈 것처럼 호들갑을 떨었다.

아마데우스는 과연 드래곤이 맞나 싶을 만큼 괴팍한 성격을 가지고 있었다. 그래서 별것 아닌 일을 큰 사건으로 만드는 재주를 가지고 있었다.

아마데우스라면 로데우스가 한동안 청혼을 빙자로 레베카를 괴롭혀 왔다는 사실을 전부 알고 있을 것이다. 아마 로데우스를 보는 순간, 아공간에서 몽둥이를 소환해 휘둘러 댈지 몰랐다.

하지만 하이베크의 생각은 달랐다.

"널 보러 오시는 건 아닐 테니까 걱정하지 마."

하이베크가 호들갑이 지나치다는 얼굴로 로데우스에게 눈치를 주었다.

"그걸 모르는 건 아니지만… 아마데우스 님 성격 알잖아. 괜히 나까지 걸려 들까 봐 그렇지."

로데우스가 앓는 소리를 냈다.

실제로 아마데우스에게 조금이나마 책을 잡힐 게 있는 드래곤들은 아마데우스의 아 자만 들어도 경기를 일으키곤 했다.

그러나 이번만큼은 아마데우스도 로데우스를 신경 쓸 여력이 없을 것 같았다.

"아마데우스 님이 마족이라면 질색하시는 거 너도 잘 알잖아. 일을 벌여도 대형과 벌이시겠지."

"하지만……."

"대형과의 관계가 깔끔히 정리되기 전까지는 너는 거들떠보지도 않으실 걸."

하이베크가 냉정하게 잘라 말했다.

"제길. 이걸 좋아해야 하는 거야, 싫어해야 하는 거야?"

정곡을 찔린 로데우스가 이내 입술을 삐죽거렸다.

"그건 그렇고 대형은 어쩌실 생각이시지?"

하이베크의 시선이 대전 쪽으로 향했다. 신성 제국의 사신이 오고 있다는 소식을 보고받았을 텐데도 단리명은 이렇다 할 반응을 보이지 않고 있었다.

"우리더러 알아서 하라는 뜻이 아닐까?"

로데우스가 냉큼 끼어들며 말했다. 솔직히 말해 신성 제국의 힘과 영향력을 두려워하는 것은 인간들뿐이었다. 드래곤들에게는 그저 가만있는 신들을 들먹이는 같잖은 인간들에 지나지 않았다.

"글쎄."

하이베크가 말을 아꼈다. 솔직히 말해 단리명의 명만 떨어지면 지금 당장 저 오만한 신성 제국의 사절단들을 무릎 꿇릴 자신이 있었다.

하지만 단리명의 명령 없이 신성 제국을 대표해 오고 있는 자들을 건드릴 수도 없는 일이었다.

"대형께서 생각이 있으실 테니 조금 더 기다려 보는 수밖에 없을 것 같다."

하이베크가 원론적인 대답을 늘어놓았다.

"쳇. 그런 말은 나도 할 줄 안다고."

뭔가 그럴듯한 대답을 기대했던 로데우스가 불만스러운 듯 툴툴거렸다.

4

신성 제국의 사절단이 하르페 왕국의 수도 하온으로 오고 있다는 소식은 왕실에도 전해졌다.

"언니, 괜찮을까요?"

레이첼은 걱정이 많았다.

인간이라서일까. 그녀는 신성 제국이라는 말만 나와도 괜히 겁부터 났다.

그러나 레베카는 크게 걱정하는 얼굴이 아니었다.

"괜찮을 거야. 대공 전하께서 계시잖아."

레베카가 웃으며 레이첼을 달랬다.

"그렇긴 하지만……."

레이첼이 말끝을 흐렸다. 물론 그녀도 단리명이 얼마나 대단한지는 잘 알고 있었다.

하지만 신성 제국과의 문제는 단순히 나라와 나라 간의

문제가 아니었다.

신성 제국이 두려운 것은 마법에 견줄 만큼 대단하다는 신성력 때문도, 교황의 말에 목숨을 내놓는 성기사들 때문도 아니었다.

바로 종교.

신성 제국이 남부 대륙 전체에 퍼진 종교를 주관하는 나라이기 때문이다.

제아무리 리먼 대공이라 하더라도 신성 제국을 함부로 할수는 없었다.

신성 제국을 적으로 돌렸다간 남부 대륙 전체가 적으로 돌아설 가능성이 높았다.

신성 제국은 종교적으로 보호받아야 할 대상이었다. 또한 종교적으로 존중받아야 할 나라였다.

그러나 하르페 왕국은 아니다. 이해관계에 따라 언제든 적으로 돌려도 상관없었다.

하밀 왕국 시절부터 주변 국들은 하르페 왕국에 눈독을 들이고 있었다. 4대 공작이 뿔뿔이 흩어지려 했던 것도 그 때문이었다.

그렇다 보니 레이첼은 앞으로의 일이 걱정되었다. 리먼 대공이 적당히 굽히며 신성 제국을 인정해준다면 편하겠지만 왠지 그럴 것 같지 않았다.

Chap.
55

하온에서

1

"비켜라!"

"천주의 정병들이다! 앞을 막지 마라!"

하온으로 진군한 파블로 법신관과 제13성기사단은 거침이 없었다.

막아서는 이들은 천주의 이름을 들먹이며 굴복시켰다. 문을 여는 이들에게는 멋대로 신들의 축복을 내렸다.

"도대체 뭐하자는 거야?"

"여기가 신성 제국인 줄 아나?"

이 같은 횡포가 계속되자 하르페 왕국의 백성들은 불만을 터트렸다.

제아무리 신성 제국의 사신들이라 하더라도 타국에 와서도 멋대로 구는 것은 예의가 아니었다. 하르페 왕실에서 직접적으로 문제를 제기할 경우 양국 간의 문제로까지 비화될 가능성도 없지 않았다.

그러나 이상하게도 하르페 왕실에서는 이렇다 할 말들이 없었다.

"뭐가 어떻게 된 거지?"

"글쎄. 아직 소식이 전해지지 않은 것인가?"

하르페 왕실의 화끈한 대응을 기대했던 백성들의 얼굴로 실망감이 번졌다.

"지금쯤이면 리먼 대공 전하께서 직접 나서셔야 하는 거 아니야?"

"설마… 리먼 대공 전하께서 몸을 사리고 계시는 것은 아니겠지?"

신처럼 떠받들던 단리명을 의심하는 이들까지 생겨났다.

"하하! 어리석은 백성들이란 별수 없구나."

흔들리는 하르페 왕국민들을 내려다보며 파블로 법신관이 한껏 웃음을 터트렸다.

처음 하르페 왕국에 들어섰을 때까지만 해도 자신들을 바라보는 백성들의 눈빛은 사나웠다. 마치 자신들을 철천지원수 보듯이 했다.

하지만 지금은 달랐다. 자신들을 막아섰던 이들이 어떤 봉변을 당했는가에 대한 소문이 퍼져 나가면서 백성들의 눈빛도 한풀 꺾였다.

"그래, 그래야지."

파블로 법신관의 미소가 진해졌다. 그럴수록 제13성기사단의 발소리도 높아져만 갔다.

그러나 단 한 사람, 에가엘로스 성신관의 표정은 여전히 편치가 않았다.

'이러려고 사신단을 따라나선 게 아니거늘. 애꿎은 백성들이 고통스러워 하는구나.'

물리적인 억압과 폭력을 가한다고 해서 고통받는 게 아니다. 신성 제국이라는 이유만으로 남의 나라에 와서까지 행패를 부리는 것도 정신적인 폭력이나 다를 바 없었다.

에가엘로스 성신관은 하르페 왕국민들을 보기가 미안했다. 아무렇지도 않게 이런 일을 벌이는 파블로 법신관이 걱정되기도 했다.

솔직히 단순히 제13성기사단을 따라가는 것이라면 이쯤에서 발걸음을 되돌리고 싶은 심정이었다.

하지만 그에게는 또 다른 임무가 있었다. 파블로 법신관조차 모르는 교황에게 직접 전해받은 임무가.

그것을 수행하기 위해서라도 당분간은 파블로 법신관을 따라야 했다.

"후우……"

에가엘로스 성신관의 입가를 타고 무거운 한숨이 흘러나왔다. 그 소리를 들은 것일까?

"에가엘로스 성신관."

파블로 법신관이 에가엘로스 성신관을 돌아봤다.

"부, 부르셨습니까?"

에가엘로스 성신관이 재빨리 감정을 지우며 파블로 법신

관에게 고개를 숙였다. 하지만 그런다고 해서 모를 파블로 법신관이 아니었다.

"아직도 마음이 편치 않은가?"

파블로 법신관이 물었다.

"아닙니다. 괜찮습니다."

에가엘로스 성신관이 애써 아무렇지 않은 척 굴었다.

"그런데 어째서 한숨을 내쉬는가? 아직도 천주의 의지를 대신하고 있는 내가 잘못됐다고 여기는 것인가?"

파블로 법신관의 말에 에가엘로스 성신관이 다급히 고개를 흔들었다.

"아닙니다. 그럴 리가 있겠습니까?"

"그럼? 다른 걱정거리라도 있는 것인가?"

"그게… 제가 신성 제국을 벗어난 적이 없어서 힘에 부치는 것 같습니다."

잠시 머리를 굴리던 에가엘로스 성신관이 그럴듯한 변명을 늘어놓았다.

"그래?"

의심스러운 눈으로 에가엘로스 성신관을 흘겨보던 파블로 법신관이 이내 고개를 돌렸다.

"후우……."

그런 파블로 법신관의 눈치를 살피며 에가엘로스 성신관이 다시 안도의 한숨을 내쉬었다.

천주의 뜻을 대신한다는 파블로 법신관의 말이 유독 그에게만은 어렵게 느껴졌다.

2

제28국경 초소에서 하온까지는 거의 두 달이라는 시간이 걸렸다.

어느새 겨울이 가고 봄이 찾아왔다. 시린 추위에 고생하던 대지도 파릇한 새싹들을 피워 냈다.

봄이 오면 대륙 각지의 영지민들의 얼굴에도 웃음이 감돈다. 더 열심히 해야겠다는 의지가 샘솟는다.

이른 봄부터 미리미리 준비를 해야만 가을에 많은 결실을 맺고 편히 겨울을 날 수 있었다. 그래서 대륙민들은 봄을 진심으로 즐긴다.

하지만 하르페 왕국민들은 그럴 수가 없었다. 지난겨울 내내 왕국을 소란스럽게 했던 문제가 아직도 해결되지 않았기 때문이다.

"옵니다! 신성 제국의 성기사들이 오고 있습니다!"

대륙에 봄 소식이 전해질 무렵, 파블로 법신관과 제13성 기사단이 하온에 도착했다.

"제길, 드디어 왔군."

"지독한 놈들."

소문을 들은 하온의 백성들은 표정이 굳어졌다. 신성 제국의 사신으로 온 저들이 하온에서 무슨 행패를 부릴지 벌써부터 걱정스러웠다.

3

"저곳이 하온인가?"

높게 솟은 하온의 성체를 올려다보며 파블로 법신관이 입가를 비틀었다.

"그런 것 같습니다."

제13성기사단을 이끄는 가브리엘 백작이 말을 받았다. 신성 제국의 성도인 코오라만큼은 아니지만 하온의 모습도 제법 웅장해 보였다.

"지금쯤이면 여왕이 되겠다던 하르페 왕국의 왕녀가 성문 앞에 기다리고 있겠지요?"

파블로 법신관이 슬쩍 웃음을 흘렸다.

"당연히 그럴 것입니다. 천주의 뜻을 저버렸다간 어찌 될지 똑똑히 알았을 테니까요."

가브리엘 백작도 따라 입가를 비틀었다.

하지만 그들의 예상과는 달리 하온의 성문은 굳게 닫혀 있었다.

"흐음……."

자신들을 막아선 하온을 올려다보며 파블로 법신관이 이맛살을 찌푸렸다.

"아무래도 백성들이 보고 있으니 일단은 자존심을 세우려는 모양입니다."

가브리엘 백작이 파블로 법신관을 달랬다. 왕실의 존엄과 연결되어 있는 만큼 하르페 왕국 왕실 쪽에서 조심스럽게 대처하는 것이라 여겼다.

"어찌할까요?"

그 사이 부성기사단장 메기 자작이 다가와 물었다.

"천주의 정병이 왔음을 알리시오."

파블로 법신관이 굳은 목소리로 말했다.

"알겠습니다."

가브리엘 백작과 메기 자작이 동시에 허리를 굽혔다.

4

파블로 법신관의 명을 받은 메기 자작이 당당히 하온의 성문 앞으로 나아갔다.

"날씨 한 번 좋구나."

하늘을 올려다보며 메기 자작이 피식 웃었다.

오늘 따라 하늘이 맑았다. 하늘 위에 떠 있는 태양도 눈이 부셨다.

갑옷 한가운데 새겨진 금빛 십자가도 햇빛에 부딪쳐 반짝거렸다.

금빛 십자가는 성기사단의 상징이며 또한 신성 제국의 상징이다. 이것을 성벽 위 병사들이 본다면 냉큼 성문을 열 것이라 생각했다.

하지만 하온 성의 병사들은 메기 자작이 바짝 다가설 때까지 허리를 꼿꼿이 세운 채 움직이지 않았다.

"이놈들!"

보다 못한 메기 자작이 소리쳤다.

"어디서 온 누구요!"

그제야 병사 하나가 아래를 내려다봤다.

"보면 모르겠느냐!"

메기 자작이 손바닥으로 가슴을 두드렸다.

쾅! 쾅!

갑옷에 박힌 금빛 십자가가 요란스럽게 반짝거렸다.

성벽 위 병사들을 죽일 듯 노려보면서도 메기 자작은 여유가 있었다. 이제 곧 자신을 알아본 병사들이 우왕좌왕거릴 거라고 확신하고 있었다.

하지만 성벽 위 병사들은 눈 하나 까딱 하지 않았다.

"어디서 온 누구냐고 물었소."

오히려 귀찮다는 얼굴로 메기 자작을 도발했다.

"이놈이!"

메기 자작의 눈에서 불똥이 튀었다.

그동안 교류가 없다시피 했던 하르페 왕국의 병사라 할지라도 수도를 지키는 만큼 자신들을 알아봐야 정상이었다.

하지만 성벽 위 병사들은 정말 자신들을 알아보지 못하는 표정이었다. 수도 근역까지 퍼진 소문들조차 듣지 못한 얼굴들이었다.

"천주의 정병들이다. 문을 열어라!"

질근 입술을 깨물며 메기 자작이 신성 제국의 사절단임을 일렀다.

마음 같아선 당장에라도 성벽 위로 올라가 병사들을 혼쭐

내주고 싶었다.

그러나 모르고 저지른 일까지 벌해서는 안 된다는 게 천주의 뜻이었다.

하지만 성벽 위 병사들이 정말 신성 제국의 사절단을 알아보지 못한 게 아니었다.

"이곳은 하르페 왕국의 수도인 하온 성이오! 소란을 피우려거든 썩 돌아가시오!"

사전에 명을 받은 대로 신성 제국의 도발에 당당히 맞서는 것이었다.

"이놈!"

뒤늦게 병사들의 속내를 알아챈 메기 자작의 두 눈에서 불똥이 튀었다.

감히 일개 병사 주제에 제13성기사단의 부단장인 자신을 농락하다니! 하온의 국왕을 만나면 단단히 따져 물어야겠다고 마음먹었다.

"여기 신성 제국의 사신들이 도착했으니 어서 성문을 열어라! 어서!"

메기 자작이 주먹을 불끈 쥐며 소리쳤다.

이렇게까지 해서 성문을 열어야 한다는 사실에 내심 굴욕감이 끓어올랐다.

하지만 파블로 법신관이 보고 있는 만큼 어떻게든 성문을 열어야만 했다.

그러나 성문 위의 병사들은 요지부동이었다. 그 같은 협박에 넘어가지 않겠다는 듯 꿈쩍도 하지 않았다.

"신성 제국의 사신임을 인증하는 증명서를 보여 주시오!"

한 술 더 떠 당당하게도 메기 자작에게 신성 제국 교황의 인장이 찍힌 증명서를 요구했다.

"뭐, 뭣이라!"

메기 자작의 얼굴이 허탈함과 분노로 뒤덮였다.

하르페 왕국의 국왕도 아니고 감히 일개 병사 따위가 증명서를 보겠다고 하다니.

더 이상은 용서할 수가 없었다.

"이놈! 당장 수비 대장을 불러 와라! 어서!"

메기 자작이 노성을 터트렸다.

마음 같아서는 하르페 왕국의 국왕을 불러오라고 호통을 치고 싶은 것을 참으며 이글거리는 눈으로 병사들을 노려보았다.

보통 상관을 들먹이면 대부분의 병사들이 지레 겁을 먹게 마련이다. 뒤늦게 병사가 울며 불며 사정해도 결코 용서해 주지 않을 생각이었다.

하지만 병사는 이번에도 메기 자작의 말을 귓등으로 흘려들었다. 대하르페 왕국의 수도를 찾아와 수비 대장을 오라가라 하다니, 어림도 없는 일이었다.

"먼저 신성 제국의 사신임을 증명하시오!"

병사가 메기 자작을 향해 소리쳤다.

"이, 이놈이!"

뜻밖의 대답에 메기 자작의 얼굴이 벌겋게 달아올랐다.

그러는 사이 느긋하게 뒤따라오던 파블로 법신관과 제13

성기사들이 성문 앞까지 도착했다.

"여기서 뭘 하고 있는 것이오?"

아직도 성문이 열리지 않았다는 사실에 파블로 법신관이 불쾌함을 드러냈다.

"메기 자작. 뭘 하는가!"

파블로 법신관의 눈치를 보며 가브리엘 백작이 메기 자작을 질책했다.

하지만 성문이 열리지 않은 것은 메기 자작의 잘못이 아니었다.

"다시 한 번 말하겠소. 신성 제국의 사신이라는 증명서를 보이시오!"

성벽 위를 올려다보는 파블로 법신관과 가브리엘 백작을 향해 병사가 큰 목소리로 소리쳤다.

"감히!"

파블로 법신관의 입에서 분통이 터졌다.

"이노옴!"

가브리엘 백작도 반사적으로 검집에 손을 가져다 댔다.

그러나 그 어떤 위협에도 병사는 흔들리지 않았다. 아니, 흔들릴 수가 없었다.

그의 역할은 신성 제국의 사신단이 먼저 무례를 저지르도록 만드는 것이다. 그렇게 해야만 신성 제국의 음모로부터 왕국을 지킬 수 있다고 들었다.

"마지막으로 경고하겠소. 지금 당장 증명서를 보이지 않으면 소란을 피운 죄로 처벌하겠소!"

성벽 위의 병사가 주먹을 꾹 움켜쥐며 소리쳤다. 병사들 중 강단 있기로 유명한 그로서도 이번만큼은 쉽게 말이 나오지가 않았다.

그러나 성벽 아래 파블로 법신관과 성기사들은 병사가 긴장하고 있다는 사실을 눈치채지 못했다. 오히려 병사의 도발에 넘어가 흥분을 감추지 못했다.

지금까지 수많은 영지들을 거쳐 왔지만 눈앞의 병사처럼 말이 안 통하는 경우는 처음이었다. 눈앞의 병사처럼 겁 없는 경우도 처음이었다.

"명만 내려 주시면 제가 성문을 열겠습니다."

가브리엘 백작이 낮게 으르렁거렸다. 파블로 법신관이 허락한다면 성벽을 타서라도 문을 열 생각이었다.

하지만 그러기에는 하온의 수비가 만만치 않아 보였다. 더욱이 신성 제국을 대표하는 성기사들이 도둑처럼 성벽을 넘는 것도 우스운 일이었다.

그런 식으로 성문을 열어도 문제였다. 하르페 왕국에서 문제 삼으면 일이 복잡해질 수 있었다.

"천주를 우습게 아는 자들을 심판하겠소. 그러니 뒤로 물러나 계시오."

파블로 법신관이 소매를 걷어붙이며 나섰다.

"알겠습니다."

파블로 법신관의 속내를 눈치챈 가브리엘 백작이 성기사들을 멀찌감치 물렸다.

"이놈! 감히 천주를 모독하고 천주의 정병들을 조롱했겠다? 그 죗값을 치르게 해 주마."

크게 숨을 들이켠 파블로 법신관이 입으로 기도문을 외우며 신성력을 끌어 올렸다.

우웅! 우우웅!

파블로 법신관의 가슴 앞으로 뿌연 빛깔의 신성력 구체가 만들어졌다.

"제길……!"

그 모습을 지켜보며 병사들이 마른침을 꿀꺽 삼켰다. 하이베크와 로데우스에게 철저히 훈련받은 덕분에 표정의 흔들림은 없었지만 솔직히 속이 타들어 가는 것만큼은 어쩔 도리가 없었다.

그러는 사이 신성력을 충분히 모은 파블로 법신관이 다시 성벽을 올려다보며 소리쳤다.

"천주의 이름으로 명하노니, 거짓된 종아! 눈이 멀고 귀가 들리지 않게 될 것이다!"

파블로 법신관의 입에서 실로 악독한 신언(신관들이 신성력을 마법처럼 사용할 때 발하는 캐스팅 주문과 같은 것)이 터져 나왔다.

파아앗!

파블로 법신관의 가슴에 모여들었던 신성력 구체가 산산이 부서졌다.

후아아앗!

그 신성력의 기운이 전염병처럼 성벽을 타고 병사들에게 달려들었다.

"크윽!"

병사들은 눈을 질끈 감았다. 아무 일 없을 것이라는 하이베크와 로데우스의 말을 듣긴 했지만 막상 신성 마법을 당하게 되자 겁이 덜컥 났다.

만에 하나 하이베크와 로데우스가 신성 마법을 막아 내지 못한다면?

꿀꺽.

그 다음은 생각하고 싶지도 않았다.

하지만 병사들이 걱정하는 것처럼 하이베크와 로데우스는 무능하지 않았다.

오히려 하지 못할 일이 없다시피 했다. 유희의 제약만 없었다면 진즉 마법을 사용해 파블로 법신관을 박살 냈을 것이다.

그러나 하르페 왕국의 병사들은 그들을 마에스트로 경지에 오른 기사로 알고 있었다. 인간들의 인식상 검술과 마법은 쉽게 공존하기 어려웠다.

결국 파블로 법신관의 신성력을 막을 수 있는 것은 마법사로 분한 샤이니아뿐이었다.

"샤이니아. 부탁한다!"

하이베크가 샤이니아를 바라봤다.

"걱정 마!"

샤이니아가 피식 웃으며 마나를 일으켰다.

5

팟! 파밧!

샤이니아의 마나와 파블로 법신관의 신성력이 성벽 바로 아래 쪽에서 부딪쳤다.

스아아앗!

파블로 법신관의 손을 떠난 신성력들은 어떻게든 성벽 위로 오르기 위해 몸부림을 쳤다.

후아아앙!

샤이니아가 일으킨 마법의 바람은 그런 신성력들이 올라오지 못하도록 힘으로 짓눌렀다.

신성력 vs 마법.

성관 vs 마법사.

만일 양쪽이 실력이 비슷한 인간들이었다면 마법사가 밀렸을 것이다.

오로지 체내에 축적한 마나를 이용해 마법을 구현해야 하는 마법사들과는 달리 신관들은 신의 은총을 통해 신성력을 증폭시킬 수 있었다.

하지만 애석하게도 샤이니아는 평범한 인간이 아니었다. 인간으로 분한 드래곤이었다.

갓 태어난 드래곤이 축적할 수 있는 마나량은 8레벨 마법사가 평생을 축적한 양의 수백 배에 달한다. 성룡이 된 이후에 그 양은 몇 곱절로 늘어난다.

파블로 법신관이 신성력을 몇 배로 불릴 수 있다 하더라도 그 양은 결코 드래곤이 보유하고 있는 마나량을 능가하지 못하는 것이다.

"어디 어떻게 생긴 놈인지 얼굴이나 봐 볼까?"

샤이니아가 느긋하게 성벽 쪽으로 걸음을 옮겼다.

또각.. 또각.

그녀의 구둣소리가 날카롭게 울렸다. 그럴수록 마나의 바람이 더욱 강하게 휘몰아쳤다.

팟! 파앗!

겁도 없이 성벽을 오르려던 신성력이 마나의 바람에 부딪쳐 깨져 나갔다.

"이, 이럴 수가!"

파블로 법신관의 눈이 부릅 떠졌다. 설마하니 자신의 신성력이 깨질 것이라고는 예상치 못한 얼굴이었다.

"흐음. 그냥 멍청하게 생겼잖아."

그런 파블로 법신관을 내려다보며 샤이니아가 피식 웃음을 흘렸다.

왠지 파블로 법신관이 심심하던 왕실 생활을 즐겁게 만들어 줄 것 같았다.

6

"크으윽!"

믿었던 신성력이 실패하자 파블로 법신관이 가슴을 움켜쥐며 비틀거렸다.

신관들에게 있어 신성 마법은 양날의 검이었다. 중간계에

흩어져 있는 신의 힘을 빌어 증폭을 시키는 만큼 실패할 경
우 그 충격을 고스란히 감당해야 했다.

"법신관님!"

파블로 법신관이 휘청거리자 뒤쪽에 물러나 있던 가브리
엘 백작이 다급히 달려왔다.

"괜찮으십니까?"

아슬아슬하게 파블로 법신관을 붙든 가브리엘 백작이 걱
정스런 목소리로 물었다. 신성 마법의 부작용으로 눈이 안
보이고 귀가 들리지 않았던 파블로 법신관은 한동안 말을
잇지 못했다.

그로부터 한참 뒤.

"으음. 나는 괜찮소."

어렵게 부작용에서 벗어난 파블로 법신관이 무겁게 한숨
을 내쉬었다.

"다행입니다."

걱정이 가득하던 가브리엘 백작의 표정이 밝아졌다. 하지
만 파블로 법신관이 무사하다고 해서 지금의 상황까지 긍정
적으로 변한 것은 아니었다.

믿었던 파블로 법신관마저 무너졌다. 그러나 하온의 성문
은 여전히 굳게 닫혀 있었다.

파블로 법신관이 다시 신성력을 사용하기 위해서는 어느
정도 회복할 시간이 필요해 보였다. 하지만 파블로 법신관
이 다시 신성력을 사용한다고 하더라도 성문을 열 수 있다
는 확신이 들지 않았다.

제13성기사단의 위용을 보여 주기 위해서라도 성안으로 들어가야 했다. 하지만 지금으로서는 뾰족한 방법이 없어 보였다.

"이렇게 된 것, 성벽을 넘을까요?"

기다리다 못한 메기 자작이 간했다.

"흐음……."

가브리엘 백작이 무겁게 신음했다. 뭔가 명령을 내려 주어야 할 파블로 법신관이 제대로 몸을 가누지 못한다는 사실이 안타깝기만 했다.

그때였다.

끼이이익!

갑작스럽게 굳게 닫혔던 하온의 성문이 열렸다.

Chap.
56

단리명의 신위

1

끼이이익!

갑작스럽게 굳게 닫혔던 하온의 성문이 열렸다.

저벅. 저벅.

그리고 그 안에서 검은 머리카락의 사내 하나가 태연하게 걸어 나왔다.

'뭐지?'

갑작스러운 사내의 등장에 가브리엘 백작이 살짝 이맛살을 찌푸렸다.

사내의 손에는 이색적인 무기가 하나 쥐어져 있었다. 검이라 하기에는 지나치게 컸다. 대검이라 하기에도 어딘가 이상해 보였다.

보통 일반적이지 않은 무기를 가지고 다니는 이들은 둘

중 하나다.

부족한 실력을 무기의 독특함으로 감춰 보려는 자. 독특한 무기를 완벽하게 다룰 수 있는 자.

만일 눈앞의 사내를 다른 곳에서 만났다면 가브리엘 백작은 코웃음을 치며 지나쳤을 것이다.

그만큼 사내의 겉모습에서는 이렇다 할 특색이 없었다. 솔직히 평범했다. 기형의 무기를 휘두를 만큼 몸이 크거나 강인해 보이지도 않았다.

하지만 이곳은 하르페 왕국의 수도인 하온 성이다.

하온 성에서 굳게 닫힌 문을 열고 혼자서 나설 수 있는 자가 과연 몇이나 있을까.

그들 중 검은색 머리카락과 정체 모를 무기를 가지고 있는 자는 누구일까.

"리먼 대공……!"

가브리엘 백작이 어렵지 않게 사내의 정체를 파악해 냈다.

"크으윽!"

힘에 부쳐 헐떡이던 파블로 법신관도 잔뜩 얼굴을 일그러뜨렸다.

그들의 예상처럼 성 밖으로 나선 것은 단리명이었다. 스탈란 남작이 신성 제국의 사신으로 온 만큼 일단 예를 갖추는 게 좋겠다고 간언했지만 단리명은 듣지 않았다.

단리명에게 있어 신성 제국의 사신단 따위는 별다른 의미가 없었다.

천마신교에 있으면서도 일 년에 몇 번씩 대국의 사신들이 찾아왔다.

주변 소국들도 친선을 위해, 때론 협박과 회유를 위해 사신들을 보냈다.

그럴 때마다 천마신교는 언제나처럼 당당하게 맞섰다. 친선을 바라며 내미는 손을 함부로 잡지 않았다. 협박과 회유의 목소리에 흔들리지 않았다.

그렇게 버텨 왔기에 천마신교도 수백여 년이 넘는 시간 동안 존속할 수 있었다.

단리명은 하르페 왕국도 천마신교처럼 당당하길 바랐다.

주변국들에게 흔들리지 않는 거목이 되길 바랐다.

그러기 위해서라도 이번 신성 제국 사신들과의 대면이 중요했다.

스탈란 남작은 이번 한 번만 잘 넘어가면 앞으로 술술 풀릴 것이라 여겼다.

단리명도 그 말에는 일부 공감했다. 하지만 생각하는 방향은 전혀 달랐다.

다시는 하르페 왕국을 우습게 여기지 못하게 만들 것이다!

이번 기회에 그 누구도 하르페 왕국을 넘보지 못하도록 신성 제국을 본보기로 삼을 생각이었다.

스탈란 남작으로부터 신성 제국 사신들의 패악을 전해 들으면서도 단리명은 참았다.

마음만 먹는다면 지금 당장 수라마도를 뽑아 들 수도 있었다.

하지만 신성 제국은 물론 주변국들조차 놀라게 만들기 위해서는 확실한 응징이 필요했다.

하르페 왕국을 뒤흔들며 겁도 없이 하온까지 밀고 들어온 자들을 처절하게 응징한다!

이것이 단리명이 계획하던 일이었다.

신성 제국의 사신들을 굳이 하온까지 끌어들인 것은 대륙에 확실한 본보기로 세우겠다는 것 이외에도 다른 의중이 숨어 있었다.

바로 멸마공.

천기자가 남긴 멸마공이 예상대로 신성 제국 쪽에 흘러들어 갔는지를 확인할 필요가 있었다.

신성 제국의 성기사들로부터 멸마공의 끝을 확인하기 위해서는 저들을 물러설 수 없는 상황으로까지 몰아붙일 필요가 있었다.

신성 제국의 성기사들은 오랜 시간 동안 고생한 끝에 하온에 왔다. 그런데 그 앞을 자신이 가로막고 있다면 어떤 생각이 들까?

모두가 보는 앞에서 확실한 공을 세우려 할 것이다. 자신의 신위에 겁을 먹고 적당히 싸우다 물러갈 생각은 하지 못할 것이다.

그 과정에서 자연스럽게 멸마공, 아니 미르마의 정체도

드러나게 될 것이다.

2

"네놈들은 누구냐?"

굳건한 의지를 담긴 단리명의 목소리가 대기를 울렸다. 그의 분노가 천마후로 변해 겁도 없이 하온으로 몰려든 성기사들의 귓가를 찔러 들었다.

"윽!"

"제길!"

제13성기사단 전원이 귀를 틀어막으며 고통스러운 표정을 지었다.

"크윽!"

끝까지 버티던 몇몇 성기사들은 고막이 터지고 핏물이 흘러나왔다.

"사악한 술수다! 신관들은 신성력을 펼쳐라!"

뒤늦게 단리명의 위험성을 간파한 파블로 법신관이 사납게 소리쳤다.

"천주여!"

"저희에게 힘을 주소서!"

사신단을 뒤따라 왔던 100명의 신관들이 한꺼번에 기도문을 영창했다.

우우우웅!

그들이 뿜어낸 신성력이 보호막처럼 제13성기사단을 뒤

덮었다.

단리명의 천마지존강기에서 벗어난 성기사들의 얼굴에 비로소 화색이 돌았다.

하지만 그것도 잠시.

"네놈들은 누구냐고 물었다!"

단리명의 입에서 다시 노성이 터지자 신성력의 막이 거세게 흔들리기 시작했다.

"뭣들 하시오! 어서 신성력을 끌어 올리시오!"

불안해진 가브리엘 백작이 신관들을 향해 소리쳤다. 이대로는 신성력의 막이 찢어질 것 같았다.

그러나 신관들도 자신들이 할 수 있는 최선을 다하고 있는 중이었다.

"크윽, 이놈!"

신관들이 궁지에 몰리자 파블로 법신관이 힘겹게 몸을 일으켰다.

"좀 더 쉬셔야 합니다."

에가엘로스 성신관이 다가와 파블로 법신관을 만류했다.

심신이 지친 상태로 함부로 신성력을 끌어내려 했다간 큰 화를 입을 수 있었다.

그 사실을 파블로 법신관도 모르지 않았다. 하지만 지금은 도저히 몸을 사릴 수가 있는 상황이 아니었다.

"비, 비키시오!"

파블로 법신관이 에가엘로스 성신관을 뿌리치고 앞쪽으로 걸어 나갔다.

"파블로 법신관님이 오셨다!"

"조금만 더 힘을 내라!"

파블로 법신관의 합류에 신관들이 반색하며 마지막 힘을 쥐어짜 냈다.

"후우……."

파블로 법신관이 크게 숨을 내쉬었다. 아직까지 정화되지 않은 신성력들이 몸 안에 들끓고 있었지만 지금은 그것을 신경 쓸 때가 아니었다.

"천주여. 가여운 종들의 부름에 응답하소서!"

파블로 법신관이 신성력을 끌어내며 소리쳤다. 그 기도에 응답한 것일까.

우아아아앙!

신관들의 신성력이 몇 배로 증폭되더니 사납게 달려드는 천마지존강기를 저만치 밀어내 버렸다.

'어떠냐!'

왈칵 치미는 핏물을 되삼키며 파블로 법신관이 당당하게 단리명을 노려보았다. 마치 이것이야말로 진정한 신성 제국의 힘이라는 걸 보여 주려는 것 같았다.

하지만 단리명은 코웃음만 났다.

"가소로운 것들."

고작 삼성의 천마후 하나에 이리도 허둥대다니. 천마신교에게 굴욕을 안겨 주었던 천기자의 멸마공이 제대로 전해졌는지조차 의문스러울 정도였다.

마음 같아서는 천마후의 공력을 끌어 올려 신성 제국의

실력을 시험해 보고 싶었다. 지금 상태로 보자면 7성의 천마후면 뿌연 기막도 깨질 것 같았다.

하지만 그랬다간 성벽 위에 있는 병사들과 소문을 듣고 달려온 백성들에게까지 피해를 입게 된다.

천마후의 완성과는 별개로 범위와 대상을 한정 지을 수 있는 것은 6성까지가 한계였다. 제아무리 단리명이라 해도 그 이상은 통제하기가 어려웠다.

"그렇다면 어쩔 수 없지."

단리명은 미련 없이 천마후를 포기했다. 저들에게서 멸마공을 끌어내기 위해서는 직접 몸으로 부딪치는 편이 더 나을 것 같았다.

"가자!"

단리명이 허리춤에서 수라마도를 뽑아 들었다.

후아아앗!

천마지존강기를 머금은 수라마도의 도면에 아수라의 형상이 나타났다 사라졌다.

3

단리명이 수라마도를 뽑아 들자 제13성기사단이 웅성거리기 시작했다.

조금 전 단리명의 신위를 보지 못했다면 미친놈이 나타났다며 한껏 비웃었을 것이다.

대륙에서 감히 단신으로 자신들을 상대할 수 있는 자는

자신들보다 더욱 강력한 신성력을 지닌 교황밖에 없었다.

하지만 천마후를 통해 호되게 당한 뒤라서일까.

"오, 온다!"

"설마 저대로 덤벼들려는 것은 아니겠지?"

제13성기사들의 얼굴에 불안감이 번지기 시작했다.

"백작님!"

성기사들의 동요를 눈치챈 메기 자작이 다급히 가브리엘 백작에게 다가왔다.

이쯤에서 대화를 해야 할지, 아니면 반격을 준비해야 할지 지시를 내려 줘야 했다.

그러나 이제 와 겁을 먹고 대화를 청하는 것은 신성 제국의 자존심상 용납하기 어려운 일이었다.

"법신관님! 축복을 부탁드립니다."

가브리엘 백작이 이를 악물며 파블로 법신관에게 청했다.

"걱정 마시오."

들끓는 신성력을 억누르며 파블로 법신관이 마지막 투혼을 불살랐다.

"신관들은 모두 모여라."

파블로 법신관은 즉시 신관들을 불러 모았다. 그들과 함께 신성력을 끌어 올려 제13성기사단 1천의 성기사들에게 신의 축복을 쏟아냈다.

"천주여, 저들의 몸을 튼튼하게 하소서!"

"천주여, 저들의 검을 날카롭게 하소서!"

"천주여, 저들의 발을 날래게 하소서!"

"천주여, 악의 손아귀에서 저들을 보호하소서!"

신관들은 한목소리로 네 가지 기도문을 외쳤다.

홀리 스트렝스, 홀리 소드, 홀리 헤이스트, 홀리 아머!

이 네 가지 신성 마법을 받은 1천 성기사들의 갑옷이 번 쩍거리기 시작했다.

홀리 스트렝스는 성기사들의 공격력을 2배 강하게 만드는 축복이다. 홀리 소드는 성기사들의 오러를 강하고 날카롭게 만들며 홀리 헤이스트는 성기사들의 움직임을 빠르게, 홀리 아머는 세 번에 걸쳐 성기사들이 받는 물리적인 타격을 무효로 만들어 준다.

이 네 가지 신성 마법만 있으면 성기사들은 거의 무적과 가까운 힘을 선보이게 된다. 게다가 제13성기사들은 신성 제국의 성기사들 중 가장 강하고 사나우며 신성 마법에 특화되어 있었다.

대륙의 기사들로 치자면 마스터에 준하는 기사 5천 정도에 해당하는 전력이었다.

그런 성기사들을 단신으로 상대한다는 것은 애당초 불가능했다.

"메기 자작! 기사들을 이끌고 적을 막아라!"

가브리엘 백작이 자신만만하게 소리쳤다.

"이놈!"

메기 자작과 99명의 성기사들이 바람처럼 단리명에게 달려들었다.

후아아앙!

신성력을 머금은 그들의 검이 날카롭게 울렸다. 특히나 단리명이 흘려 대는 천마지존강기와 닿을 때마다 더 사나운 비명을 내질러 댔다.

"괘, 괜찮을까?"

"이놈들! 치사하게⋯⋯!"

백 자루의 검들이 만들어 내는 소리에 성벽의 병사들은 물론 백성들까지 불안감에 휩싸였다.

하지만 하이베크와 로데우스는 피식 웃음을 흘렸다.

"고작 저 정도로 대형께 덤비려 했다니."

"죽고 싶어 안달을 내는군."

제13성기사들이 전부 덤벼든다 해도 하이베크와 로데우스는 눈 하나 까딱하지 않을 것이다.

오히려 코웃음을 치며 마나를 끌어 올릴 것이다. 전력을 다하지 않더라도 저 정도 성기사들을 처리하는 것쯤은 문제없었다.

대륙의 모든 성기사들이 교황의 축복을 받고 덤벼들지 않는 이상 성기사들이 무서워 꼬리를 내릴 필요는 없었다. 그런 자신들의 합공을, 수많은 고룡들의 압박을 단리명은 단신으로 감당해 냈다.

애석하게도 현재 대륙에서 단리명을 어쩔 수 있는 인간은 존재하지 않는다.

그러니 제13성기사들의 미래는 더 지켜보지 않아도 뻔한 것이다.

"어디, 멸마공의 힘이 어느 정도인지 확인해 볼까?"

메기 자작과 성기사들이 코앞까지 다가오자 단리명도 느긋하게 몸을 움직였다.

홍! 후웅!

마치 춤을 추듯 수라마도가 허공을 베었다. 모르는 이들이 보았다면 단리명이 성기사들의 기세에 눌려 미쳐 버린 게 아닐까라는 착각이 들 정도였다.

하지만 단리명은 장난을 치는 게 아니다.

천마지존무.

천마신공과 가장 잘 어울리는, 천마신교에서 멸마공을 깨기 위해 만든 극강의 무공을 펼치는 것이다.

전설에 따르면 천기자가 만든 멸마진은 천마조차 봉인할 수 있다고 알려졌다. 천마지존무를 만들어 낸 교주조차 멸마진을 이겨 낼 수 있을지는 감히 장담할 수 없다는 앓는 소리를 남길 정도였다.

하지만 그런 천기자의 멸마공이 서역까지 제대로 전해지지는 않은 듯했다.

"퀵!"

"크억!"

단리명의 수라마도에 부딪치기도 전에 성기사들이 낙엽처럼 쓰러지기 시작했다.

"고작 이것뿐이냐!"

단리명의 입에서 분노에 찬 노성이 터져 나왔다.

Chap.
57

거래

1

"이, 이럴 수가……!"

추풍낙엽처럼 쓰러지는 성기사들을 바라보며 가브리엘 백작이 경악성을 내뱉었다.

신성 제국에서도 고르고 고른 천주의 기사들이다. 천주의 축복까지 온몸에 두른 상황이었다.

그런데 고작 리먼 대공 하나 어쩌지 못하고 허무하게 무너지고 있었다.

"메기 자작!"

가브리엘 백작이 다급히 악을 내질렀다.

천주의 축복으로 마스터의 경지를 넘어선 메기 자작이라면 어떻게든 리먼 대공의 술수를 막아 세울 것이라 여겼다.

하지만 메기 자작도 별수 없었다.

"크어억!"

섣불리 덤벼들었다가 단리명의 일격을 얻어 맞고 가브리엘 백작의 앞까지 튕겨 나가 버렸다.

"배, 백작……."

가브리엘 백작을 향해 뭐라고 입을 뻥긋거리던 메기 자작이 그대로 혼절해 버렸다.

"자작님!"

다급히 신관 하나가 달려와 메기 자작을 살폈다.

천만 다행히도 생명에는 큰 문제가 없었다. 하지만 메기 자작의 몸 안을 살핀 신관은 차마 안도할 수가 없었다.

"어떤가?"

격전 중에도 가브리엘 백작이 메기 자작을 걱정했다.

"그게… 목숨은 건졌지만 예전처럼 천주의 검이 될 수 있을지는……."

신관이 이내 고개를 떨어뜨렸다.

"크으윽! 이놈!"

순간 가브리엘 백작의 얼굴이 와락 일그러졌다.

친동생처럼 아끼던 메기 자작이 폐인이 되었다니. 리먼 대공을 결코 용서할 수 없었다.

"저자를 쓰러트려라!"

가브리엘 백작이 검을 뽑아 들며 앞으로 내달렸다.

"와아아!"

단리명의 신위에 겁을 먹고 있던 성기사들이 악을 내지르며 달려들었다.

단리명이 단신으로 100명의 성기사들을 쓰러트리긴 했지만 100명과 900명은 달랐다. 자신들이 전부 덤벼든다면 단리명도 어쩌지 못할 것이라 여겼다.

게다가 앞장선 가브리엘 백작의 실력도 손에 꼽힐 정도였다. 실질적인 검술 실력은 마스터 중급에 머무르고 있었지만 신성력을 두른 그의 검은 다른 열두 기사단장들조차 무시하지 못할 만큼 강력했다.

마에스트로 상급. 어쩌면 그 이상!

제13성기사단이 신성 제국 최강의 기사단으로 불리는 것도 바로 가브리엘 백작이 있기 때문이었다.

하지만 단리명에게는 100명과 900명이 크게 다르지 않았다. 그저 상대할 이들이 많아 귀찮을 정도였다.

100명이든 900명이든 한꺼번에 덤벼들 수 있는 수는 한정되어 있었다.

특히 성기사들처럼 두꺼운 갑옷을 걸친 녀석들은 한번에 4명이 고작이었다.

더욱이 천마지존무는 일대 다의 싸움에 특화되어 있는 무공이었다. 무기와 무기가 직접 격돌하지 않고 무형의 강기를 막처럼 펼쳐 내 흩날리는 최상급의 무공이었다.

만일 900명의 성기사들이 천기자의 멸마진을 펼쳤다면 단리명도 조금은 곤욕스러웠을지 모른다.

하지만 무질서하게 덤벼드는 성기사들을 두려워 할 단리명이 아니었다.

후앗! 후아앗!

단리명이 수라마도를 느릿하게 휘둘렀다.

퍽! 퍼억!

그럴 때마다 둔탁한 파열음이 터져 나왔다. 그리고 달려
들던 성기사들이 이유 없이 픽픽 쓰러졌다.

"이놈!"

보다 못한 가브리엘 백작이 단리명에게 검을 휘둘렀다.

후아아앙!

신성력을 머금은 그의 검날이 눈부신 빛을 뿜어 댔다.

"크윽!"

성문 뒤에서 대결을 지켜보던 메르시오 백작이 자신도 모
르게 마른침을 삼켰다.

저 정도의 오러라면 자신이라 해도 감히 막아 낼 수 있을
것 같지 않았다.

"신성력을 통해 마에스트로의 경지까지 넘어설 수 있다는
게 사실이었단 말인가?"

뒤늦게 달려온 로이젠 백작의 표정도 굳어졌다. 만약 이
번 일의 결과로 인해 신성 제국의 성기사들과 전면전을 펼
쳐야 한다면……!

꿀꺽.

로이젠 백작이 자신도 모르게 마른침을 삼켰다.

"호오, 어디 얼마나 대단한지 볼까?"

먼발치에서 대결을 지켜보는 아마데우스의 입가에도 묘한
웃음이 번졌다.

조금 전 단리명이 보여 주었던 재주는 아마데우스로서도

놀라운 것이었다.

얼핏 보면 드래곤의 피어를 따라하는 것 같으면서도 그것을 무형의 마나로 활용해 상대를 압박한다는 게 제법 흥미로웠다.

게다가 느릿하게 춤을 추면서 무형의 마나로 성기사들을 무너뜨리는 모습도 관심이 갔다.

마계의 마족들은 본래 파괴적인 성정을 버리지 못한다. 저런 상황이라면 인정사정없이 검을 휘둘러 한바탕 피비린내를 만들어 냈을 것이다.

하지만 눈앞의 마족은 굳이 성기사들의 목숨까지 빼앗아 가지 않았다. 살생을 즐기지 않는다기보다는 그럴 가치가 없다고 여기는 것 같았다. 마치 절대자의 위치에서 하찮은 이들에게 아량을 베푸는 것 같았다.

아마데우스는 그런 단리명의 포부가 마음에 들었다. 마혈의 마족이라는 소리는 들어 알고 있었지만 저 정도일 것이라고는 생각지 못했다.

그래서 단리명이 가브리엘 백작을 어떻게 상대할지가 궁금해졌다.

신성력을 가득 머금은 가브리엘 백작의 검이라면 마족을 자극하기에 충분해 보였다. 만일 단리명이 억눌렀던 마성을 이겨 내지 못한다면 그 자리에서 잔혹한 술수를 펼쳐 보일 게 틀림없었다.

하지만 단리명은 가브리엘 백작의 검에 특별히 민감하게 굴지 않았다.

마치 이 정도쯤이야, 라는 듯 느릿하게 검을 휘둘러 가브리엘 백작을 튕겨 냈다.

"커어억!"

가브리엘 백작이 비명과 함께 튕겨져 나갔다.

"백작님!"

메기 자작을 살피던 신관이 걱정스런 얼굴로 가브리엘 백작에게 달려갔다.

2

가브리엘 백작이 무너지면서 성기사들의 의지가 꺾였다. 천하의 가브리엘 백작조차 어쩌지 못하는 상대라는 사실에 검에 힘이 들어가지 않았다.

하지만 이제 와 후회해 봐야 소용없었다. 처음부터 가담하지 않았다면 모르겠지만 이대로는 단리명에게 결코 용서받을 수가 없었다.

후앗! 후아앗!

단리명이 주춤거리며 물러서는 성기사들을 향해 천마지존무를 펼쳤다.

"커억!"

"크억!"

무형의 강기를 얻어맞은 성기사들이 비명을 내지르며 쓰러졌다.

"그, 그만!"

"우리가 졌소! 그러니 그만하시오!"

단리명의 신위에 질린 부기사단장들이 검을 내던지며 소리쳤다.

깡그랑.

바닥을 나뒹구는 검과 함께 신성 제국의 성기사로서 자존심이 떨어졌지만 상관없었다. 훗날 이 굴욕을 씻기 위해서라도 일단은 살아야 했다.

만일 단리명이 정도의 길을 걸었다면 이쯤해서 손에 사정을 뒀을 것이다. 다시는 같은 짓을 저지르지 말도록 단단히 훈계한 뒤 등을 돌렸을 것이다.

또한 성기사들이 정도가 아니라 마도를 걸었다면 단리명도 이쯤해서 수라마도를 거뒀을지 모른다. 마도인들이라면 섣불리 복수를 꿈꾸진 않을 테니까.

하지만 불행히도 단리명은 정도인이 아니었다. 신성 제국의 성기사들도 마도의 길을 걷지 않았다.

정도인들에게 괜한 자비를 베풀어 봐야 소용 없다는 것을 단리명은 경험을 통해 알고 있었다.

특히 단리명은 살기 위해 비굴하게 구는 자들을 가장 경멸했다. 그러니 성기사들을 이대로 돌려보낼 리가 만무했다.

"어림없다!"

싸늘하게 코웃음을 치며 단리명이 수라마도를 휘둘렀다.

"크어억!"

"아, 악독한!"

성기사들의 입에서 비명이 터져 나왔지만 눈 하나 깜짝하지 않았다.

그렇게 모든 성기사들을 박살 내고서야 단리명의 수라마
도가 멈췄다.

"후우……."

나직이 숨을 고르며 단리명이 고개를 돌렸다. 조금 전까
지만 해도 천 명의 성기사들이 버티고 있던 그곳에는 겁에
질린 100명의 신관들만이 애처롭게 남아 있었다.

저벅. 저벅.

단리명이 천천히 신관들에게 다가갔다.

"으으……."

"오지 마!"

신관들이 겁에 질린 얼굴로 파블로 법신관 뒤쪽으로 숨어
들었다.

"이, 이놈……!"

쉬지 않고 무리하게 신성력을 사용한 탓에 극심한 후유증
에 시달리면서도 파블로 법신관은 끝까지 단리명을 향해 적
의를 드러냈다.

"흥!"

덩달아 단리명의 표정도 차가워졌다.

후르르릉!

단리명의 의지를 대변하듯 수라마도가 사납게 울었다.

그 모습을 지켜보던 병사들과 하르페 왕국민들도 마른침
을 꿀꺽 삼켰다.

"어, 어떻게 되는 거야?"

"설마 신관들에게도 검을 쓰시려는 건가?"

검과 갑옷으로 무장한 성기사들이야 검으로 응징하는 게 당연해 보였다.

하지만 신관들은 달랐다. 비록 신성 마법을 사용하고 있지만 병사들과 하르페 왕국 백성들의 눈에는 유약한 종교인에 지나지 않았다.

그러나 단리명은 신관이라고 해서 용서하고 싶은 마음이 없었다. 특히나 하르페 왕국에서 온갖 패악스런 일을 사주한 파블로 법신관은 용서할 수가 없었다.

저벅! 저벅!

단리명의 발소리가 위협스럽게 울렸다.

"하하!"

파블로 법신관도 이대로 물러서지 않겠다는 듯 한껏 웃음을 터트렸다.

"법신관님!"

"저희가 돕겠습니다!"

뒤로 물러나 있던 신관들도 파블로 법신관에게 힘을 보태 주었다.

"그래, 그래야지!"

그 모습에 단리명의 입가가 잔혹하게 비틀어졌다.

후아아앗!

수라마도의 도면을 타고 흉측한 아수라 형상이 피어올랐다.

바로 그 순간,

"잠시만! 잠시만 기다려 주십시오!"

상황을 지켜보고 있던 에가엘로스 성신관이 파블로 법신관 앞을 가로막았다.

"이, 이게 무슨 짓인가!"

파블로 법신관이 악을 내질렀다.

감히 천주의 뜻을 대신하는데 일개 성신관 따위가 자신의 행사를 방해하다니, 결코 용서할 수 없었다.

하지만 지금 이 순간부터 에가엘로스 성신관은 일개 성신관이 아니었다.

"파블로 법신관님. 이 시간 이후로 사신단과 관련한 모든 결정권은 제게 있습니다."

에가엘로스 성신관이 품속에서 교황의 칙서를 내밀었다.

그 안에는 에가엘로스 성신관을 대신관으로 임명한다는 말과 함께 그에게 사신단으로서의 모든 권한을 맡기겠다는 교황의 의지가 담겨 있었다.

"이, 이게……!"

바들거리며 칙서를 확인하던 파블로 법신관이 이내 충격을 감당하지 못하고 쓰러져 버렸다.

"법신관님!"

"정신 차리십시오!"

파블로 법신관을 따르던 신관들이 앞다투어 파블로 법신관에게 신성력을 쏟아부었다. 하지만 이미 인간의 한계를 넘어섰던 파블로 법신관은 쉽게 눈을 뜨지 못했다.

그러는 사이 단리명이 에가엘로스 대신관의 코앞까지 다

가왔다.

단리명이 사나운 눈으로 에가엘로스 대신관을 노려보았다. 말을 하지 않았지만 지금까지 벌어진 일들에 대한 해명을 요구하는 듯했다.

"인사가 늦었습니다. 리먼 대공 전하. 신성 제국의 사신단을 총괄하고 있는 에가엘로스입니다."

에가엘로스 대신관이 뒤늦게 단리명에게 깊숙이 허리를 굽혔다. 하지만 그것만으로는 단리명의 화를 누그러뜨릴 수는 없었다.

"하옵고 이것을 봐 주십시오."

에가엘로스 대신관이 품속에서 또 다른 교황의 칙서를 꺼내 단리명에게 내밀었다.

"이게 무엇이냐?"

단리명이 차가운 목소리로 말했다.

"바라옵건데 직접 확인해 보십시오."

에가엘로스 대신관이 정중히 청했다.

잠시 에가엘로스 대신관을 노려보던 단리명이 이내 칙서를 펼쳐 들었다. 그러나 그 안에 담겨 있던 것은 교황의 전언이 아니었다.

연자여…….

이 서신이 연자에게 전해졌다면 꽤나 오랜 시간이 흘렀을게요. 그대가 어떻게 이곳까지 오게 됐는지는 모르겠지만 이것도

다 운명인 만큼 이 늙은이의 마지막 유지를 꼭 지켜 줬으면 좋겠소…….

놀랍게도 칙서 안에 담긴 것은 사라진 천기자가 남긴 유지였다.

"이게 사실이냐!"

칙서를 빠르게 훑어 내린 단리명이 사나운 눈으로 에가엘로스 대신관을 겁박했다.

"무, 물론입니다. 대공 전하. 하옵고 이것을……."

움찔 놀란 에가엘로스 대신관이 다시 품속에서 교황의 칙서를 꺼냈다.

단리명은 다급히 칙서를 살폈다. 그 안에는 단리명이 궁금해 했던 모든 진실들이 담겨 있었다.

"허……."

칙서를 읽어 내린 단리명이 헛웃음을 쳤다. 이 모든 게 천기자와 교황의 농간이었다니. 마음 같아서는 칙서를 갈기갈기 찢어 버리고 싶었다.

하지만 어쩌겠는가. 이것 또한 운명이며 인연인 것을.

"따라 들어오라."

단리명이 몸을 돌렸다.

"가, 감사합니다. 대공 전하."

에가엘로스 대신관이 더욱 깊숙이 고개를 숙였다.

Chap.
58

숨겨진 진실

1

"크윽!"

"으으윽……."

단리명의 명령에 따라 1천 명의 성기사들은 지하 감옥에 갇혔다.

"이놈들, 군말 말고 따라와라!"

파블로 법신관을 비롯한 100명의 신관들은 허튼짓을 하지 못하도록 샤이니아가 단단히 감시를 했다.

그러는 사이 에가엘로스 대신관은 단리명의 집무실로 안내되었다.

"들어가십시오."

스탈란 남작이 정중하게 말했다. 지나칠 만큼 친절한 그의 모습에는 이번 일로 인해 신성 제국과의 관계가 소원해

지길 원치 않는다는 바람이 역력했다.

하지만 정작 눈치를 봐야 하는 것은 스탈란 남작이 아니라 에가엘로스 대신관이었다.

"감사합니다."

에가엘로스 대신관이 스탈란 남작에게 깊숙이 고개를 숙였다.

작위를 떠나 자신과 신성 제국을 배려해 준다는 사실이 그저 고맙기만 했다.

그런 에가엘로스 대신관의 마음이 전해진 것일까.

"대공 전하께는 가급적 진실만 말씀하십시오. 지나친 포장도, 그럴듯한 말도 삼가셔야 합니다."

스탈란 남작이 넌지시 주의할 점을 일러 주었다.

"알겠습니다. 주의하겠습니다."

에가엘로스 대신관의 얼굴로 웃음이 번졌다.

"그럼, 원하시는 바를 이루시기 바랍니다."

스탈란 남작도 미소 어린 얼굴로 고개를 숙였다.

하지만 그런 화기애애한 분위기도 단리명의 집무실에 가까워질수록 빠르게 굳어졌다.

"대공 전하. 에가엘로스 대신관을 모셔 왔습니다."

크게 숨을 들이켠 스탈란 남작이 침착하게 일렀다. 잠시 후,

"들여라."

단리명의 싸늘한 목소리가 울렸다.

'침착하자. 침착해.'

단리명의 집무실 안으로 들어가며 에가엘로스 대신관이
몇 번이고 마음을 다독였다. 조금 전 단리명이 보여 주었
던 신위를 생각한다면 지금도 다리가 후들거릴 지경이었
다.

하지만 굳게 마음을 먹었던 것과는 달리 단리명은 책상에
앉은 채 아무런 말도 하지 않았다. 아직도 생각이 정리되지
않은 듯 두 장의 칙서를 책상 위에 내려놓고 나직이 신음하
고 있었다.

'천기자의 전언이라⋯⋯.'

단리명의 시선이 에가엘로스 대신관이 전해 주었던 첫 번
째 서신으로 향했다.

만일 그럴듯한 말로 천기자를 위장한 것이라면 단리명도
고민하지 않았을 것이다.

하지만 서신의 내용은 중원의 언어로 적혀 있었다. 필체
도 천마비고에서 봤던 천기자의 서신과 동일했다.

만일 이 서신에 적힌 내용이 사실이라면 갑자기 자취를
감추었던 천기자의 행적도 설명이 가능해진다.

'그러니까 천기자, 이 늙은이가 겁도 없이 천마비동에 들
어섰다는 말인가?'

단리명은 자신도 모르게 웃음이 났다. 정도무림이 그토록
추앙하던 천기자가 이토록 무모한 자였다는 사실은 미처 예

상하지 못했다.

천마신교와의 격돌로 준비했던 모든 것을 잃은 후 천기자는 분을 감추지 못하고 천마신교에 잠입했다고 한다.

그의 당초 목적은 천마신교의 교주를 암살하고 기반을 뒤흔드는 것.

하지만 그 목적을 이루기 전에 정체 모를 어둠에 이끌려 천마비동으로 들어가게 됐다고 한다.

천마비동은 천마신교의 역대 교주들과 초고수들의 흔적이 남아 있는 곳이다. 그래서 허락받은 자가 아니고서야 결코 발을 디딜 수 없는 곳이었다.

단리명도 살아생전에 단 세 번 천마비동에 들어갔다. 주로 역대 교주들의 수련실을 살펴본 탓에 별 다른 문제 없이 천마비동을 빠져나올 수 있었다.

그러나 천기자는 그럴 수가 없었다. 그가 이끌렸던 어둠은 천마비동에서도 금지로 지정된, 광마가 최후를 마친 수련동이었다.

"크으윽!"

광마의 수련동에 들어간 천기자는 이맛살을 찌푸렸다. 사방에서 느껴지는 마기에 숨을 쉴 수가 없었다.

"이런 사악한 곳이 아직까지 남아 있으니 마교의 무리들이 설치는 것이구나."

천기자는 전력을 다해 광마의 수련동을 부서뜨릴 생각을 품었다. 그래서 자신이 평생을 다해 창안한 멸마검을 극성으로 펼쳐 냈다.

하지만 수련동에 모여 있는 마기는 생각만큼 호락호락하지 않았다.

게다가 광마의 의념으로 통제되어 있어 천기자의 멸마검에 거칠게 대항했다.

누구도 접근하지 않는 금지라 알려지지 않았지만 천기자와 광마의 의념은 무려 100일을 싸웠다고 한다.

"후우. 후우."

어렵게 광마의 마기를 꺾어 낸 천기자는 가쁜 숨을 몰아쉬었다.

그러나 광마의 의념은 사라지지 않고 천기자를 끝까지 괴롭혔다.

―제법이로구나. 네가 그 천기자라는 아이겠지?

"이놈!"

―천마신교에 대한 적의가 깊은 걸 보니 네놈도 어쩔 수 없는 정파인이로구나.

"시끄럽게 떠들지 말고 모습을 드러내라!"

―하하, 육신이 썩어 버린 내가 무슨 수로 모습을 드러낼 수 있단 말이냐?

"그렇다면 당장 그 입을 닥쳐라! 이 수련동을 전부 무너뜨려 버리기 전에!"

―할 수 있으면 어디 한 번 해 봐라. 네놈이 수련동을 무너뜨리는 순간 수많은 천마신교의 고수들이 네놈을 잡기 위해 달려올 테니까.

"크윽!"

천기자는 원통했다. 하늘 아래 마을를 지우려 했건만 의념 따위에게 농락당하는 자신을 용서할 수 없었다.

하지만 광마의 의념도 천기자를 놀리기 위해 말을 건 게 아니었다.

—그렇게 원통하면 다시 한 번 싸워 보겠느냐?

"크윽! 이노옴!"

—그렇다면 어디 덤벼 봐라! 내가 직접 상대해 줄 테니.

그 순간 천기자의 앞으로 검은 인영이 나타났다. 생전의 광마처럼 인영이 거만하게 천기자를 도발했다.

"죽엇!"

그 도발을 참지 못하고 천기자가 빠르게 검을 휘둘렀다. 그 순간,

후아아앗!

반으로 쪼개진 어둠이 그대로 천기자를 집어삼켰다.

—하하, 어디 다른 세상에 가더라도 네놈이 큰소리 칠 수 있나 보자!

광마의 목소리가 짓궂게 울렸다.

천기자가 다시 정신을 차렸을 때 그는 낯선 세상에 와 있었다. 그곳이 어디인지, 어떻게 움직이고 있는지 파악하기까지 장장 10년이란 세월이 걸렸다.

"광마 이놈!"

천기자는 어떻게 해서든 중원으로 되돌아가기 위해 노력했다. 하지만 그 어디에서도 중원으로 돌아갈 수 있는 방법을 찾지 못했다.

그렇게 대륙을 헤매던 천기자가 정착한 곳이 다름 아닌 신성 제국.

그곳에서 천기자는 길고 길었던 자신의 삶을 마무리 지으려 했다.

하지만 하늘은 천기자가 쉬도록 내버려 두지 않았다.

혹시나 하는 마음에 신성 제국의 비밀 서고를 열람하던 중 천기자는 뜻밖의 사실을 알아낸다. 북방 쥬오르 제국의 탄생 비화를 말이다.

오래전 신들의 뜻을 어겼다는 이유로 북쪽 호라난 산에 갇혔던 백여 마리의 드래곤들.

그들이 어느 순간 갑작스럽게 봉인을 풀고 깨어났다. 그리고 세 명의 인간들의 수족이 되어 북부 대륙을 장악해 버렸다.

그들이 남부 대륙을 넘보지 못했던 것은 현존하는 드래곤들과 신성 제국 때문이었다.

드래곤들은 희생을 각오하고 그들, 에인션트 드래곤들을 막았다. 생각보다 남부의 저항이 거세지자 쥬오르 제국도 더 이상의 팽창을 멈추고 북부에 머물렀다.

단순한 이야기만 놓고 본다면 그저 허무맹랑한 신화에 불과해 보였다. 하지만 천기자는 그 안에서 천마신교의 흔적을 찾아냈다.

에인션트 드래곤을 조종했다는 것은 천마신교의 천마제령공과 비슷했다.

쥬오르 제국을 세웠다는 3대 대공이 펼친 무공도 천마신교의 무공을 닮아 있었다.

"뭔가 있다!"

천기자는 주먹을 움켜쥐었다. 이들의 흔적을 쫓다 보면 중원으로 되돌아 갈 방법이 생길지도 몰랐다.

천기자는 당대 교황에게 도움을 청했다.

교황은 천기자에게 실력이 뛰어난 성기사 3백 명과 고위 신관 2백 명을 지원해 주었다.

성기사와 고위 신관들에게 멸마공을 전수하면서 천기자는 하늘의 뜻을 점쳤다. 자신이 이 세상의 악을 멸할 적임자가 맞는지 하늘에 물었다.

그러나 애석하게도 하늘은 천기자를 선택하지 않았다. 천기자는 그저 예비된 자를 위해 길을 닦는 역할에 지나지 않는다고 단정했다.

"예비된 자가 대체 누구입니까?"

천기자가 다시 물었다. 하지만 하늘은 더 이상 응답하지 않았다.

서운한 마음이 컸지만 천기자는 성기사, 신관들과 함께 쥬오르 제국으로 건너갔다. 그리고 그 이후로 소식이 뚝 끊겨 버렸다.

"흐음……."

단리명이 나직이 한숨을 내쉬었다. 여기까지가 천기자의 친서에 나온 내용이었다.

단리명은 다시 오른쪽 서신으로 눈을 돌렸다. 그곳에는 이어지는 교황의 전언이 담겨 있었다.

천기자가 사라진 지 50년 후, 하늘에서 신탁이 내려왔다고 한다.

신탁의 내용은 천기자를 대신해 대륙의 악을 소멸할 예비자에 대한 것이었다. 그런데 놀랍게도 그 정체가 천기자와 같은 세상에서 온 악의 대행자라고 했다.

신탁을 받은 교황과 대신관들은 충격을 감추지 못했다. 어째서 악의 대행자가 대륙의 악을 다스린다는 것인지 좀처럼 납득하지 못했다.

"천주여, 다시 응답해 주소서."

"악의 대행자라니요. 제발 바로 잡아 주십시오!"

교황과 대신관들은 하루가 멀다 하고 하늘에 기도했다. 천주의 뜻이 바뀌기를 바랐다.

하지만 애석하게도 더 이상의 신탁은 없었다. 오히려 신탁의 뜻을 왜곡하려는 교황과 대신관들이 차례 차례 병들어 죽는 기현상마저 벌어졌다.

"이게 천주의 뜻이라면 따를 수밖에요."

새 교황은 신탁을 받아들이겠다고 말했다. 대신 그 악의 대행자가 과연 악을 멸할 수 있는지, 의지를 확인하겠다는 단서를 달았다.

그 뜻이 이어져 지금에까지 이르렀다. 현 교황도 전대 교황들의 뜻을 받들어 제13성기사단과 파블로 법신관을 단리 명에게 보낸 것이다.

말미에 교황은 자신의 무례를 용서해 달라고 말했다. 대륙을 위해 악을 잘라 내 달라고 말했다.

만일 이어지는 말이 아니었다면 단리명은 코웃음을 쳤을 것이다.

10년이 지나면 악이 깨어납니다. 그때가 되면 대륙은 다시 혼란에 빠져들 것입니다.

교황은 악이 깨어날 날이 멀지 않았다고 말했다. 그리고 단리명에게 정중하게 도움을 청했다.

"혼란. 혼란이라……."

서신에서 눈을 떼며 단리명이 나직이 중얼거렸다.

북부 대륙을 장악하고 있는 쥬오르 제국이 남쪽으로 밀고 내려온다면 남부 대륙 전체가 크나큰 혼란에 휩쓸리고 말 것이다.

그리고 그 안에는 하 매의 나라인 이곳, 하르페 왕국도 포함되어 있을 것이다.

어찌 보면 말도 안 되는 도발 같은 장난일지도 모를 일이었다. 이깟 서신 몇 장으로 현혹될 만큼 단리명은 어수룩하지 않았다.

그러나 내심 신경이 쓰이는 것도 어쩔 수 없었다.

천기자의 행방. 천기자가 쫓았다는 천마신교의 흔적. 그리고 대륙의 혼란.

이 모든 것을 해결할 수 있는 게 자신뿐이라고 교황은 말하고 있다.

어찌해야 하는가. 단리명의 얼굴에 고민이 번졌다.

꿀꺽.

그 모습을 지켜보며 에가엘로스 대신관이 마른침을 삼켰다.

만에 하나 단리명이 교황의 청을 거절한다면 대륙은 큰 혼란에 빠지고 말 것이다.

과연 대륙을 위해 리먼 대공이 나서 줄 것인가. 아니면 개인의 영달을 위해 모르는 척할 것인가.

그렇게 살 떨리는 시간이 지나고 단리명이 어렵게 결정을 내렸다.

"네가 신성 제국을 대신할 수 있느냐?"

단리명이 처음으로 에가엘로스 대신관과 눈을 맞췄다.

"무, 물론입니다. 대공 전하."

에가엘로스 대신관이 다급히 고개를 숙였다.

신성 제국을 떠나기 전 교황은 자신에게 모든 일의 전권을 맡기겠다는 증서를 남겼다.

또한 그 어떤 결과라도 신성 제국에서 책임을 지겠다는 말도 남겼다.

물론 리먼 대공이 대륙을 위해 나서야 한다는 조건이 붙긴 했지만 리먼 대공의 요구 사항이라면 그 어떤 것도 들어줄 용의가 있었다.

"신성 제국의 보호를 원하신다면 그렇게 해 드리겠습니다."

에가엘로스 대신관이 슬쩍 운을 뗐다. 그러자 단리명이 보란 듯이 코웃음을 쳤다.

"누가 누굴 보호한단 말이냐?"

단리명은 우스웠다. 종교의 힘을 빌려 연명하는 신성 제국의 도움이 없더라도 하르페 왕국은 충분히 자립하고 발전할 수 있었다.

그보다는 자신이 자리를 비웠을 때 하르페 왕국을 넘볼 주변국들이 더 신경 쓰였다.

"신성 제국에서 다른 나라들을 조종할 수 있다는 게 사실이냐?"

단리명이 물었다.

"조종… 이랄 수는 없겠지만 대부분의 나라들이 교황 성하의 뜻을 존중해 주는 편입니다."

에가엘로스 대신관이 자신도 모르게 교묘한 말로 둘러댔다.

스탈란 남작으로부터 단리명이 둘러대는 말을 싫어한다는 사실을 들어 알고 있었지만 그렇다고 있는 그대로 말을 할 수 있는 상황도 아니었다.

하지만 단리명은 그냥 넘어가 주지 않았다.

"확실히 말하라. 가능한가, 불가능한가?"

단리명의 싸늘한 목소리에 에가엘로스 대신관이 마른침을 꿀꺽 삼켰다.

더 이상 대답을 회피했다간 모든 일이 틀어질 것만 같았다.

"가능합니다."

에가엘로스 대신관이 마지못해 고개를 끄덕였다.

"좋다. 그렇다면……."

어둠을 타고 단리명의 은밀한 목소리가 울렸다.

Chap.
59

준동하는 대륙

1

"파블로 법신관님. 파블로 법신관님."

흐릿한 의식 속으로 낯익은 목소리가 들려왔다.

"으으… 여기는……."

파블로 법신관이 힘겹게 눈을 떴다.

"다행입니다. 이제 정신이 드십니까?"

파블로 법신관의 머리맡에 앉아 있던 에가엘로스 대신관이 안도의 한숨을 내쉬었다. 치료가 조금만 늦었더라도 파블로 법신관을 다시 못 볼 뻔했다.

하지만 파블로 법신관은 살아 있다는 사실이 썩 달갑지 않았다. 신성 제국을 출발한 이후부터 지금까지 자신을 속여 왔던 에가엘로스 대신관 때문이다.

"심려를 끼쳐 죄송합니다."

파블로 법신관이 나직이 중얼거렸다. 그러자 에가엘로스 대신관이 그럴 것 없다며 손사래를 쳤다.

"왜 그러십니까. 예전처럼 편하게 대해 주십시오."

엄밀히 말해 법신관과 대신관은 같은 성계(聖階)였다. 대신관이 좀 더 높은 성계로 오해받는 이유는 대신관들 중에서 차기 교황이 나오기 때문이다.

에가엘로스 대신관은 자신보다 나이도 많고 신관 생활을 오래한 파블로 법신관에게 존대를 받는 게 무척이나 불편하고 껄끄러웠다.

그러나 정작 파블로 법신관의 입장에서는 어쩔 수 없는 선택이었다.

파블로 법신관이 알기로 에가엘로스 대신관의 나이는 서른밖에 되지 않았다.

이미 교황청 내에서도 차기 교황 1순위가 아닌가 하는 말들이 오갈 정도였다.

물론 에가엘로스 대신관 말고도 젊은 나이에 성신관의 자리에 오른 신관들이 하나둘이 아니었다. 에가엘로스 대신관이 제법 오랫동안 쥬오르 제국과 맞닿은 왕국들에서 포교 활동을 해 왔던 걸 감안하면 이른 나이에 성신관이 된 것도 이상할 게 없었다.

하지만 대신관이라면 이야기는 달라진다. 기본적으로 대신관은 포교 활동을 열심히 한다고 해서 될 수 있는 자리가 아니었다.

대신관이 되기 위해서는 기본적인 신앙심과 천주를 위한

헌신이 뒷받침되어야 하지만 그보다는 교황의 신임이 절대적으로 필요했다. 나이가 차고 경력이 많아서 대신관이 되지 않는 이상 일단은 교황과의 관계가 필요했다.

말은 하지 않았지만 파블로 법신관은 알고 있었다. 에가엘로스 대신관이야말로 차기 교황에 가장 근접한 자라는 사실을 말이다.

그래서 몸을 낮췄다.

칠십을 바라보는 자신의 반도 살지 못한 어린 대신관이지만 존칭을 사용했다.

이번 일을 실패하지 않았다면 끝까지 자존심을 굽히지 않았을 것이다.

하지만 자신이 맡았던 임무는 실패했다. 그리고 사신단의 총권한은 에가엘로스 대신관에게 넘어갔다.

'에가엘로스 대신관. 부디 옛정을 생각해서라도 매정하게 굴지 말아 주시오.'

파블로 법신관의 주름진 얼굴을 타고 간절함이 흘렀다. 그의 마음을 읽은 듯 에가엘로스 대신관이 파블로 법신관의 손을 꼭 잡아 주었다.

"대신관……."

파블로 법신관의 얼굴에 안도감이 번졌다. 적어도 자신의 자리만큼은 보전할 수 있을 것이란 희망이 생겼다.

하지만 안도하기에는 아직 일렀다. 젊은 나이에 교황의 후계자까지 오를 수 있었던 것은 그만큼 에가엘로스 대신관이 철두철미했기 때문이다.

"파블로님께 꼭 부탁드릴 일이 있습니다."

에가엘로스 대신관이 나직한 목소리로 말했다.

"부, 부탁이요?"

파블로 법신관의 얼굴로 긴장감이 흘렀다. 그러자 그럴 것 없다며 에가엘로스 대신관이 웃음을 보였다.

"어려운 부탁이 아니니 걱정하지 마십시오."

"그, 그렇습니까?"

"물론입니다. 법신관님이나 저나 신성 제국을 위하는 천주의 일꾼들이 아닙니까?"

에가엘로스 대신관의 말에 파블로 법신관이 어색하게 웃어 보였다. 하지만 그의 등골은 식은땀으로 축축하게 젖어들고 있었다.

2

비가 부슬부슬 내리던 날.

"다시 한 번 이 땅에 발을 들였다간 신성 제국을 결코 용서하지 않을 것이다!"

단리명의 엄포와 함께 파블로 법신관과 제13성기사단은 쫓겨나다시피 하온에서 쫓겨났다.

"쯧쯧."

"내 저럴 줄 알았지."

처량하게 비를 맞으며 하온을 떠나는 신성 제국의 사신단을 바라보며 백성들이 혀를 찼다.

하지만 그들 중 누구도 비를 맞는 신관들을 걱정하지 않았다. 오히려 목숨을 부지하고 돌아가는 것만 해도 대단하다며 비아냥거렸다.

오직 하르페 왕국에서 활동 중이던 신관들만이 그들을 안쓰럽게 여겼다.

"파블로 법신관님. 이게 무슨 일입니까?"

"괜찮으시다면 제 집에서 쉬었다가 가십시오. 이러다 건강에 문제가 생기실까 봐 걱정입니다."

신관들은 에가엘로스 대신관이 사신단의 모든 권한을 가져갔다는 사실을 알지 못했다. 그저 사신단이 무너지기 직전 에가엘로스 대신관이 나서서 리먼 대공에게 고개를 숙였다는 정도로만 알고 있었다.

에가엘로스 대신관의 지시를 받은 파블로 법신관도 애써 그 사실을 숨겼다.

어차피 성기사들은 단리명에게 얻어맞고 혼절한 상황이었다. 사신단에 포함된 신관들은 알아서 에가엘로스 대신관의 눈치를 살폈다.

덕분에 에가엘로스 대신관은 자신의 계획대로 파블로 법신관을 이용할 수가 있었다.

"그대들에게 부탁할 게 있네."

작은 신전에서 잠시 머물게 된 파블로 대신관은 은밀히 하르페 왕국 신관들을 불러 모았다. 그리고 그들에게 밀서 한 장씩을 전해 주었다.

"이게 무엇입니까?"

신관 중 하나가 물었다.

"천주를 조롱한 하르페 왕국을 응징할 생각이네."

파블로 법신관이 넌지시 의중을 전했다.

"하, 하르페 왕국을요?"

"그래. 그러니 자네들은 이 서신을 주변국들에게 전달해 주게나. 가급적이면 각국의 국왕들을 직접 만나 전해 주었으면 좋겠네."

파블로 법신관의 말에 신관들이 하나같이 고개를 끄덕였다.

두뇌 회전이 빠른 신관들이라면 먼저 교황의 의중이 같은지 물어봤겠지만 다들 출세에 눈이 멀어 앞다투어 신전을 빠져나갔다.

"이것이면 됐습니까?"

구석에서 지켜보던 에가엘로스 대신관을 바라보며 파블로 법신관이 다소 피로한 목소리로 물었다.

"고생하셨습니다. 법신관께서 신성 제국을 위해 큰 일을 해 주셨습니다."

에가엘로스 대신관이 웃으며 말했다.

"별 말씀을요. 저 하나 희생해서 신성 제국을 도울 수 있다면 그것으로 족합니다."

파블로 법신관이 지친 듯 고개를 숙였다.

3

신성 제국의 사신단은 빠르게 하르페 왕국을 벗어났다. 단리명이 준 한 달이라는 기간 안에 하르페 왕국을 벗어나기 위해서는 쉴 틈이 없었다.

그 과정에서 파블로 법신관의 병색이 깊어졌지만 걱정할 여유조차 없었다.

"서두릅시다."

파블로 법신관을 대신해 사신단을 책임지게 된 에가엘로스 대신관이 성기사들과 신관들을 재촉했다.

"힘을 내라!"

파블로 대신관으로부터 진실을 넌지시 전해 들은 가브리엘 백작이 지친 성기사들을 독려했다.

그렇게 신성 제국의 사신단이 하르페 왕국의 국경을 넘을 무렵,

"이게 정말인가?"

"그렇습니다. 전하!"

파블로 대신관이 전한 밀서들이 하르페 왕국의 주변국들에게 전해졌다.

"허허. 이런 일이……."

서신의 내용은 간단했다. 하르페 왕국의 리먼 대공은 쥬오르 제국의 황실 출신이며, 쥬오르 제국의 남부 정복을 위해 은밀히 내려온 첩자라는 것이다.

이 사실을 어렵게 밝혀냈지만 당장 신성 제국의 성기사단을 움직일 시간이 없으니 리먼 대공이 하르페 왕국을 완전하게 장악하기 전에 주변국들이 먼저 군을 일으키라는 것이다.

만일 이 정도에서 서신이 끝났다면, 주변국들도 심사숙고 했을 것이다. 하지만 에가엘로스 대신관은 이 한마디로 주변국들을 안달나게 했다.

가장 먼저 하르페 왕국의 수도인 하온을 점령하는 나라에게 하르페 왕국의 모든 통치권을 인정하겠습니다. 아울러 이 서신 은 하르페 왕국 주변의 모든 나라에게 전해졌음을 알려 드립니다.

교황의 인장이 찍혀 있지 않았지만 각국의 국왕들은 욕심 이 났다. 오래 전부터 탐내 왔던 하르페 왕국을 독식할 수 있는 좋은 기회였다.

"군대를 준비하시오. 하르페 왕국을 공격하겠소."

자이렌 왕국을 시작으로 후텐 왕국과 아이로크 왕국, 모이란츠 왕국, 헤르카 왕국에서 전부 전쟁 준비에 들어갔다.

물론 일각에서는 조심스러운 의견들이 없지 않았다.

"신성 제국에 먼저 사실 확인을 해 보는 편이 좋지 않겠 습니까?"

"맞습니다. 법신관의 서신 하나만 믿고 움직이기에는 조금 위험합니다."

보수적인 귀족들은 좀 더 확인을 해 보고 움직여도 늦지 않다고 말했다.

하지만 각국의 국왕들은 단호한 목소리로 전쟁 의지를 불태웠다.

"가장 먼저 하온을 점령한 자에게 하르페 왕국을 주겠다지 않소! 우리가 머뭇거리다 다른 나라에게 선수를 빼앗기면 경들이 책임질 거요?"

단순히 점령하는 만큼의 영지만 허락한다면 각국의 국왕들도 신중해질 것이다. 하지만 이번 전쟁은 단순한 땅따먹기와는 차원이 달랐다.

정예 중의 정예를 움직여 신속 정확하게 하온을 점령해야 했다.

결과에 승복하지 못하는 다른 나라와의 전쟁에도 어느 정도 대비해야 했다.

"잔말 말고 군을 준비하시오!"

각국의 국왕들이 목소리를 높였다.

"알겠습니다. 전하!"

"맡겨만 주십시오!"

신하들도 한목소리로 대답했다.

4

자이렌 왕국에서 군을 일으켰다.

갑작스런 소식이 하르페 왕국에 전해졌다.

"에이, 설마."

"우리와 별로 사이가 나쁜 것도 아닌데 왜 갑자기 전쟁을 하려 하겠어?"

"맞아, 다른 나라와 전쟁을 하려나 보지."

처음 이 소식이 들릴 때만 하더라도 하르페 왕국민들은 크게 신경 쓰지 않았다.

양국 간의 관계가 양호했던 만큼 그 목표가 하르페 왕국이 아닐 것이라고 확신했다.

하지만 뒤이어 들려오는 징집 소식에 하르페 왕국민들도 겁을 내기 시작했다.

"이야기 들었어? 후텐 왕국에서도 군대가 움직인다는데?"

"후텐 왕국뿐만이 아니야. 아이로크 왕국과 모이란츠 왕국, 헤르카 왕국도 마찬가지라고."

"뭐, 뭐가 어떻게 돌아가는 거야? 주변국들이 왜 전부 군대를 일으키는데?"

"그걸 몰라 물어?"

"그럼 설마… 정말로 우릴 노리는 거야?"

"후우……. 주변국들이 노릴 만한 게 우리밖에 더 있어?"

갑작스런 전쟁 소식에 하르페 왕국 전역이 흉흉하게 변했다. 4대 공작의 난을 겨우 진압한 터라 또다시 큰 전쟁이 일어나는 것은 아닌가 하는 불안감이 높았다.

그것은 귀족들도 마찬가지였다.

"큰일입니다. 주변국들이 우리를 노리고 있다고 합니다."

"크윽! 그동안 조용하던 나라들이 대체 무엇 때문에 저러는 것이랍니까?"

"그게… 소문에는 지난번 신성 제국의 일로 불만을 가졌다고 하는데 확실히는 잘 모르겠습니다."

"제길! 그럼 이제 어떻게 해야 합니까?"

"그야… 대공 전하께 여쭤 봐야지요."

귀족들은 앞다투어 단리명을 찾았다. 그러자 단리명이 걱정 말라며 귀족들을 달랬다.

"이번 전쟁에서 그대들의 영지에 피해가 가는 일은 없을 테니 걱정하지 마시오."

단리명은 귀족들에게 아무런 피해도 끼치지 않을 것임을 분명히 했다.

"후우……. 다행입니다."

"대공 전하만 믿겠습니다."

귀족들은 단리명이 주변국들과의 화해를 통해 이번 사태를 넘기려는 것이라고 여겼다.

하지만 실상은 정반대였다. 에가엘로스 대신관을 통해 주변국들을 끌어들인 건 다름 아닌 단리명이었다.

다소 무모해 보일지도 몰랐지만 하르페 왕국의 안정화를 위해서는 어쩔 수가 없었다.

쥬오르 왕국의 어둠이 깨어나기 전에 움직이기 위해서는 눈치를 보며 몸을 사리는 주변국들을 전쟁터로 끌어내야 했다.

다행히도 에가엘로스 대신관은 필요 이상으로 주변국들을 자극해 주었다.

"자이렌 왕국에서는 20만의 병력을 움직인다고 합니다."

"후텐 왕국은 총 18만 명입니다."

"아이로크 왕국은 12만 병력에 마법 병단이 3만입니다."

"모이란츠 왕국은 중앙군 15만에 용병 10만을 더해 총 25만 병력입니다."

"헤르카 왕국은 중앙군 23만입니다."

각국에서 전해진 정보들에 따르면 생각했던 것보다 병력의 수가 많지 않았다. 다들 당장 움직일 수 있는 중앙군들만을 움직였다.

대군을 움직이기 위해서는 오랜 시간이 필요했다. 보급 문제가 해결되어야 하며 귀족들에게 적당한 이익을 약속해 그들의 사병을 끌어들여야 했다.

하지만 그것들을 일일이 챙겼다간 해를 넘기고 말 것이다. 그 사이 다른 나라에서 먼저 하르페 왕국을 공격한다면 그야말로 큰일이었다.

전쟁에서 가장 중요한 것은 선수다. 그래서 각국에서도 귀족들의 사병은 포기한 채 왕실에서 운용이 가능한 중앙군만으로 하르페 왕국을 넘보는 것이다.

물론 그들의 전력을 무시할 수는 없었다. 귀족들의 사병보다 중앙군의 전투력이 높은 것은 당연한 이치였다.

하지만 그 숫자만 보고 있자면 크게 걱정할 정도는 아니었다.

백만에 가까운 대군과 수십만 병력은 느낌부터 다르다. 그 차이가 병사들에게는 자신감을 안겨 줄 것이다.

Chap.
60

그물을 펼치다

1

　다섯 왕국의 준동 소식이 전해지면서 하르페 왕실 대회의
실에 군사 회의가 소집되었다.

　이 회의에는 직접적인 전투가 가능한 이들만 호출받았다.
그저 걱정만 늘어놓으며 자신들의 안전을 주장하는 귀족들
은 전부 제외되었다.

　"이건 너무합니다!"

　"맞습니다. 저희도 회의에 참석할 자격이 있습니다!"

　소외된 귀족들이 불만의 목소리를 냈다. 혹여 자신들에게
피해가 올까 봐 전전긍긍했다.

　하지만 단리명은 다시 한 번 강한 어조로 귀족들을 달랬
다.

　"그대들의 영지에 아무런 피해가 없도록 하겠다고 말했

소. 그러니 더 이상 소란 피우지 말고 돌아가시오."

단리명의 말에 귀족들은 금세 꼬리를 내렸다. 왕국으로 몰려드는 다른 왕국의 대군이 걱정스러웠지만 아직까지는 단리명이 더 무서운 게 사실이었다.

"대, 대공 전하만 믿겠습니다."

"부디 왕국을 지켜 주십시오."

입에 발린 말을 주절거리며 귀족들이 하나둘 자리를 떠났다. 그 모습을 묵묵히 지켜보던 단리명이 귀찮다는 듯 눈가를 찌푸렸다.

2

북동부 후텐 왕국 18만
북서부 자이렌 왕국 20만
서부 아이로크 왕국 15만(3만 마법 병단)
동부 모이란츠 왕국 25만(10만 용병)
남부 헤르카 왕국 23만

하르페 왕국을 둘러싼 다섯 왕국에서 파견한 총 병력은 101만에 달했다.

그 수치만 놓고 본다면 입이 떡 벌어질 정도였다. 하지만 그들이 연합이 아니라 경쟁 관계라는 사실을 안 이상 크게 걱정할 필요는 없었다.

"다섯 왕국들 중 가장 먼저 아국의 국경을 넘볼 나라는 동부의 모이란츠 왕국입니다."

스탈란 남작이 지도를 가리키며 말했다.

"모이란츠 왕국이라면 옛 바르카스 공작령 쪽에서 막아야겠군."

로데우스가 슬쩍 끼어들었다. 그러자 스탈란 남작이 고개를 끄덕였다.

"로데우스 후작님의 말씀이 맞습니다. 가급적이면 바르카스 공작령 쪽으로 유인해 싸워야 합니다."

스탈란 남작의 지휘봉 끝이 바르카스 공작령을 짚었다.

"그럼 적들을 영지 깊숙이 끌어들이자는 말이냐?"

잠자코 그 말을 듣고 있던 단리명이 살짝 눈가를 찌푸렸다. 스탈란 남작의 계획대로라면 하르페 왕국이 전쟁터로 변하고 말 것이다.

"아닙니다, 대공 전하. 대공 전하께서 아국이 피해를 입지 않게 전략을 짜라 하셨는데 그럴 리가 있겠습니까?"

스탈란 남작이 재빨리 웃으며 고개를 흔들었다.

전략을 큰 틀에서 말한다면 바르카스 공작령에서 적을 막는 게 맞았다. 하지만 적들을 영지 안으로 끌어들이는 것은 결코 아니었다.

"아시겠지만 바르카스 공작령 주변에는 요새들이 많습니다. 바르카스 공작가가 오랫동안 모이란츠 왕국을 견제하는 역할을 해 왔기 때문에 하나씩 하나씩 세운 게 무려 여덟 개나 됩니다."

스탈란 남작이 바르카스 공작령 주변의 작은 점들을 짚으며 설명을 이어 갔다.

"호오, 그래도 아주 쓸모 없는 자는 아니었군."

로데우스가 비아냥거리듯 말했다. 그러자 회의에 참석한 귀족들이 피식 웃음을 흘렸다.

"아마 모이란츠 왕국 쪽에서는 이 요새들을 빠르게 점령한 뒤에 빠르게 하온으로 밀고 오려 할 겁니다. 그전에 우리가 먼저 이 여덟 요새들에 병력을 분산배치해서 적들을 막아야 합니다."

"여덟 곳 전부를 막아야 하는 이유가 뭐지?"

"적들의 병력을 함께 분산시키기 위한 이유가 크지만 그보다는 대공 전하의 친위 부대가 적들을 쉽게 격파할 수 있도록 수를 줄여야 하기 때문입니다."

"오호, 그러니까 이번 전략은 대형을 중심으로 만든 전략이란 말이로군?"

"그렇습니다. 로데우스님."

단리명이 전면에 나선다는 말 한마디에 회의장 분위기가 가벼워졌다. 단리명을 한두 번씩 겪어 본 이들은 그가 얼마나 대단한 존재인지 똑똑이 기억하고 있었다.

하지만 지휘관을 보좌해야 하는 전략관들은 단리명만 믿고 마음을 놓을 수가 없었다.

"모이란츠 왕국이 요새들을 공격할 것이라고 확신하시는 이유를 여쭤 봐도 되겠습니까?"

"간단합니다. 요새를 피해 다른 영지로 돌아왔다간 하온까지의 시간이 더 걸리기 때문입니다."

"적들이 역으로 길을 돌아올 수도 있지 않겠습니까?"

"그런 때를 대비해 적당히 소문을 흘릴 겁니다. 다른 왕국의 군대가 진군 속도를 높이고 있다는 말을 듣는다면 저들도 최단거리를 선택할 수밖에 없습니다."

"그럼 병력 배치는 어떻게 합니까? 중앙군 만으로는 다섯 왕국을 상대하기 버거울 텐데요."

"모이란츠 왕국군을 막는데 중앙군은 투입되지 않을 겁니다. 대신 옛 바르카스 공작을 따르던 귀족들이 자발적으로 병력을 내놓을 겁니다."

스탈란 남작의 말에 전략관들이 불안한 표정을 지었다. 비록 용서받았다곤 해도 그들은 반역자인 바르카스 공작을 따르던 자들이다. 그들을 믿고 전쟁을 계획했다 실패하기라도 한다면 왕국이 무너질 수 있었다.

물론 스탈란 남작도 그 점이 불안하지 않은 게 아니었다. 하지만 단리명은 중앙군을 움직이지 않는 선에서 전략을 짜라고 지시했다. 어렵게 기회를 얻은 그로서는 단리명을 실망시킬 수가 없었다.

"이번 전쟁에서 공을 세울 경우 귀족의 자리를 보전시켜주겠다고 약속한다면 저들도 다른 생각을 가지지 못할 겁니다. 그러니 걱정하지 마십시오."

스탈란 남작의 말에 군사 회의에 참석한 대다수 귀족들이 고개를 끄덕였다.

어차피 단리명을 중심으로 전쟁을 치르는 순간부터 병력은 큰 의미가 없었다. 오히려 바르카스 공작을 따르던 귀족들이 너무 의욕적으로 나서다 일을 망치지 않을까 걱정스러울 정도였다.

그만큼 단리명이라는 존재는 하르페 왕국에 있어서 절대적이었다.

문제는 단리명이 얼마나 많은 전선과 전투를 책임지느냐다. 그 문제만 해결된다면 이번 전쟁도 큰 어려움 없이 승리할 수 있을 것이다.

귀족들은 기대감을 가지고 스탈란 남작의 전략을 경청했다. 모이란츠 왕국군을 최대한 빨리 격파하고 나면 북동쪽의 후텐 왕국군이나 남쪽의 헤르카 왕국군을 견제할 가능성이 높다고 여겼다.

하지만 스탈란 남작은 전혀 엉뚱한 나라를 지목했다.

"다음은 아이로크 왕국입니다."

스탈란 남작의 말에 전략관들이 다시 반발했다.

"아이로크 왕국은 정반대편에 있지 않습니까?"

"맞습니다. 모이란츠 왕국군을 상대로 승리한다 하더라도 대공 전하께서 아이로크 왕국까지 가시기에는 시간이 너무 많이 걸립니다."

전략관들이 우려의 목소리를 높였다. 귀족들도 가능하겠냐며 고개를 갸웃거렸다.

그러자 조용히 듣고 있던 샤이니아가 끼어들었다.

"여러분께 밝히지 못한 사실이 하나 있어요."

"밝히지 못한 사실이라니요?"

"대공 전하의 전폭적인 도움 속에 얼마 전 8레벨을 완성

했어요."

"오오! 그게 정말이십니까?"

"네. 또한 얼마 전에 하르페 왕실 서고에서 텔레포트에 대한 마법서를 찾아냈어요. 그것에 대해 마법관의 마법사들과 함께 연구한 결과 복원에 성공했어요."

샤이니아의 말에 자리한 귀족들과 전략관들이 경악을 금치 못했다.

텔레포트 마법은 실전된 지 오래인 고위 마법이다. 8레벨을 완성해야만 사용이 가능할 만큼 마나 소비량도 엄청난 것으로 알려졌다.

그러나 드래곤인 샤이니아에게는 불가능한 일이 아니었다. 사흘에 한 번이 고작인 인간과는 달리 그녀는 하루에도 몇십 번씩 텔레포트 마법을 사용할 수 있었다.

"이미 몇 차례 실험을 통해 텔레포트 마법을 확인해 봤으니 그 점에 대해서는 걱정하지 않아도 괜찮아요."

샤이니아가 있을지 모를 전략관들의 반발을 무마시켰다. 대륙 역사상 최초로 8레벨을 완성시킨 그녀의 말인 만큼 전략관들도 더는 의심하지 못했다.

"자, 이것으로 대공 전하께서 어떻게 티마르 공작령으로 갈지는 설명이 되었습니다. 아울러 앞으로의 움직임에 대해서도 불만을 갖지 않으셨으면 좋겠습니다."

아이로크 왕국을 상대할 전략을 설명하기에 앞서 스탈란 남작이 동의를 구했다.

"대마법사인 샤이니아가 있는데 누가 불만을 갖겠어? 안 그래?"

로데우스가 짐짓 사나운 눈으로 좌중을 훑어보았다.

"아, 암요."

"그럴 리가 있겠습니까?"

귀족들과 전략관들이 하나같이 겁에 질린 얼굴로 고개를 끄덕였다.

"아이로크 왕국군을 상대하는 방법은 간단합니다. 단계별로 마법 병단을 지치게 만든 뒤에 이 엘덴 협곡에서 아이로크 왕국의 왕국군을 괴멸시킬 생각입니다."

아이로크 왕국군은 12만의 중앙군과 3만의 마법 병단으로 이루어져 있었다. 마법 왕국이라는 애칭처럼 아이로크 왕국의 주력 부대는 중앙군이 아닌 마법 병단이었다.

아마도 아이로크 왕국군은 마법 병단을 앞세워 정면 돌파를 시도할 것이다. 티마르 공작령의 지형이 험난한 만큼 마법사들의 도움이 절대적으로 필요했다.

스탈란 남작은 그런 지형적인 이점을 이용해 마법 병단의 마나를 소진시킬 계획이었다. 그리고 마법 병단이 지쳐 있을 때 엘덴 협곡을 무너뜨려 적들을 그대로 매몰시킬 계획을 가지고 있었다.

"이 작전에서 대공 전하와 샤이니아님은 초반 교란에만 참여하실 겁니다. 이후는 마법관의 마법사들과 티마르 공작을 따르던 귀족들의 사병이 맡아서 할 겁니다."

스탈란 남작의 계획에 귀족들과 전략관들도 군말 없이 고개를 끄덕거렸다. 적들에게는 최고의 눈엣가시인 리먼 대공이 미끼가 되어 마법 소비를 이끌고 샤이니아가 적절히 도움을 준다면 충분히 승산이 있어 보였다.

3

"엘덴 협곡에서 아이로크 왕국군을 상대할 때쯤이면 후텐 왕국군과 자이렌 왕국군, 헤르카 왕국군이 비슷하게 국경에 도착할 것입니다."

잠시 숨을 가다듬던 스탈란 남작이 다시 전략 설명을 이어 갔다.

"샤이니아 님의 텔레포트 마법이 있더라도 대공 전하께서 이 세 곳을 전부 돌아보시기란 불가능합니다. 그래서 대공 전하께서 오시기 전까지 다른 두 곳은 다른 분들이 맡아 주셔야 합니다."

스탈란 남작의 말에 자리한 귀족들이 마른침을 꿀꺽 삼켰다. 세 곳 중 어떤 곳을 어떤 귀족이 맡게 될지 다들 궁금한 모양이었다.

후텐 왕국군은 발렌시아 공작령 쪽으로 밀고 들어올 것이다. 자이렌 왕국군은 칼리오스 공작령을 노릴 것이며 헤르카 왕국은 옛 남부 연합의 땅을 지나야 한다.

"대충 눈치채신 분들도 있겠지만 대공 전하께서 가장 먼저 상대하실 나라는 후텐 왕국입니다. 그때까지 칼리오스 공작님과 메르시오 백작님이 각각 자이렌 왕국군과 헤르카 왕국군을 막아 주셔야 합니다."

스탈란 남작의 말에 칼리오스 공작과 메르시오 백작이 고개를 끄덕였다.

"걱정 마시오. 무슨 수를 써서라도 자이렌 왕국군이 국경을 넘지 못하도록 할 테니까."

칼리오스 공작은 어느 정도 자신 있는 얼굴이었다. 이런 일이 있을 것을 대비해 자이렌 왕국과의 국경에 크고 작은 함정들을 설치해 놨으니 적들을 괴멸시키지는 못하더라도 진군 속도를 늦출 수는 있었다.

반면 스탈란 남작은 상당히 긴장한 얼굴이었다. 하르페 왕국의 백작으로서 남부의 부국인 헤르카 왕국군을 상대해야 한다는 게 어느 정도 부담스러운 모양이었다.

그러자 스탈란 남작이 웃으며 말을 보탰다.

"칼리오스 공작령을 공격하는 자이렌 왕국군에 비해 헤르카 왕국군은 다소 여유를 부릴 겁니다. 헤르카 왕국의 다르안 국왕은 남부 대륙의 여우라 불리는 자입니다. 필시 다른 나라들이 싸우는 틈을 노리려 할 게 분명합니다."

"하지만……."

"그러니 너무 걱정하지 마십시오. 만약을 대비해 하이베크 후작님과 로데우스 후작님이 메르시오 백작님을 도와주시기로 하셨습니다."

"오오, 그렇다면……!"

하이베크와 로데우스의 합류 소식에 메르시오 백작의 표정이 밝아졌다. 단리명까진 아니지만 이들 둘이라면 헤르카 왕국을 상대하기가 수월해질 것이다.

"후텐 왕국군은 발렌시아 공작령의 동북쪽 요새인 알비온에서 상대할 예정입니다. 지형 자체가 수비하는데 이롭고 적군이 군영을 펼칠 만한 공간이 마땅치 않아 자연스럽게 군이 분산될 가능성이 높습니다. 자연스럽게 그 약점들을 공략해 승리로 이끈다는 계획입니다."

후텐 왕국군에 대한 전략도 딱히 나무랄 게 없었다. 본래 발렌시아 공작령과 칼리오스 공작령은 타국이 함부로 침범하지 못할 만큼 지형이 험준했다.

"후텐 왕국군을 상대하신 뒤 대공 전하께서는 칼리오스 공작님을 도와 자이렌 왕국군을 밀어내실 겁니다. 자이렌 왕국군이 상대적으로 마법에 취약한 만큼 아이로크 왕국군을 상대한 마법관의 마법사들이 합류할 예정입니다. 그리고 마지막으로 이곳, 남쪽에서 헤르카 왕국군과 최종 결전을 벌일 예정입니다."

칼리오스 공작령으로 향했던 스탈란 남작의 지휘봉이 다시 남쪽으로 내려왔다. 그렇게 하르페 왕국 초유의 위기 상황에 대한 전략 회의가 끝이 났다.

4

"정말 스탈란 남작님의 전략대로만 하면 괜찮은 걸까?"

"글쎄. 스탈란 남작님을 못 믿어서가 아니라 난 솔직히 불안해."

"나도 그래. 대공 전하가 신도 아닌데 저 많은 적들을 어찌 감당하실 수 있겠어? 안 그래?"

"맞아, 특히 자이렌 왕국군과 헤르카 왕국군이 문제야. 다른 왕국군이야 대공 전하께서 먼저 상대하신다지만 이 두 곳은 다르잖아?"

"나도 그 생각했어. 솔직히 칼리오스 공작님과 메르시오 백작님은 대공 전하에 비해 약하시잖아."

"하이베크 후작님과 로데우스 후작님이 메르시오 백작님을 돕는다고 하지 않았어?"

"야, 남부가 얼마나 넓은데? 후작님 두 분 더해졌다고 뭐가 달라지겠어?"

"하긴 그건 그래. 남부 영지의 병력을 다 합쳐 봐야 가용 병력은 10만 정도에 불과할텐데 중앙군의 지원이 없이는 어림도 없지."

"맞아. 게다가 남쪽은 평지가 대부분이잖아. 적들이 병력으로 밀고 들어오면 답이 없다고."

"내 생각에도 대공 전하께서 오시기 전에 남부는 뚫릴 것 같아."

회의가 끝났지만 전략관들의 갑론을박은 계속되었다. 그들은 텅 빈 회의장에 모여 스탈란 남작의 전략을 하나하나 곱씹으며 단점들을 지적했다.

솔직히 제대로 전략을 배운 자라면 스탈란 남작의 전략이 얼마나 허술한지 금방 눈치챌 것이다.

아무리 리먼 대공을 전략의 중심으로 사용한다고 해도 그렇지 이건 해도 너무했다. 리먼 대공이 실패할 것에 대한 대안은 단 한마디도 하지 않았다.

아니, 스탈란 남작의 말처럼 리먼 대공이 연전연승을 거두었다고 치자. 그래도 체력적인 문제와 시간적인 문제를 감안하면 발렌시아 공작령에서의 싸움은 무척이나 길어질 가능성이 높았다.

그 사이 칼리오스 공작령이나 남부 영지들이 무너지기라도 한다면? 결국 적들을 왕국 밖에서 막아내겠다는 스탈란 남작의 계획은 물거품이 되는 것이다.

하지만 이들은 알지 못했다. 스탈란 남작이 단리명의 능력을 누구보다 잘 알고 있다는 사실을. 또한 자신들의 모습을 다른 누군가가 지켜보고 있다는 사실을.

"칼리오스 공작. 이번에는 제대로 활약해야겠는데?"

살짝 열린 회의실의 문을 닫으며 로데우스가 놀리듯 말했다. 그러자 눈가를 찌푸리는 칼리오스 공작.

"크흠, 저보다는 메르시오 백작이 더 걱정이지요."

헛기침을 내뱉으며 메르시오 백작에게 화살을 돌렸다.

"제 걱정 마십시오. 여기 두 분 후작님이 계시잖습니까?"

메르시오 백작도 지지 않고 맞섰다. 개인적인 능력은 가장 떨어질지 몰라도 하이베크와 로데우스가 도와준다면 남부를 지킬 자신이 있었다.

그러자 칼리오스가 전략관 중 하나의 말을 빗대어 말했다.

"어허, 이 사람. 후작님 두 분 더해졌다고 뭐가 달라지겠냐는 말 못 들었나?"

순간 하이베크와 로데우스의 얼굴이 딱딱하게 굳어졌다.

전략관들의 불만을 이해 못하는 건 아니었다. 아니, 오히려 장려할 만한 일이었다. 왕국의 발전을 위해서라도 활발한 토론을 통해 생각의 폭을 넓힐 필요가 있었다.

하지만 그 과정에서 무능력하게 찍혀 버린 하이베크와 로데우스, 칼리오스 공작, 메르시오 백작은 심기가 편치 않았다.

"흥! 내 이번에는 기필코 공을 세우고 말겠습니다!"

"저도 마찬가지입니다. 제가 남부를 지키지 못하면 백작 자리 내놓겠습니다!"

"이놈들, 뭐가 어쩌고 어째?"

"다시는 허튼 소리 못하게 확실히 보여 줘야겠어."

속으로 분을 삭히던 네 사내가 하나같이 선전을 다짐했다. 전략관들에게 비웃음을 사지 않기 위해서라도 이번 기회에 확실한 공을 세울 필요가 있었다.

하지만 이들은 미처 알지 못했다. 단리명이 존재하는 한 그들의 능력은 언제까지나 작아 보일 것이라는 사실을 말이다.

Chap.
61

감히 어딜 넘보느냐!(上)

1

하르페 왕국을 둘러싸고 있는 다섯 나라들 중 모이란츠 왕국의 수도가 하르페 왕국에 가장 가까이 위치해 있었다. 그래서 스탈란 남작의 예상처럼 가장 빨리 하르페 왕국의 국경으로 중앙군을 보낼 수 있었다.

하지만 모이란츠 왕국군의 총사령관인 멜보루 공작은 조급함을 감추지 못했다.

하르페 왕국 국경에 오면서 들은 다른 나라들의 소식 때문이었다.

"빌어먹을 놈들! 뭘 얼마나 빨리 준비했기에 벌써 국경에 도착한 거야?"

스탈란 남작은 모이란츠 왕국에 파견한 정보원들을 통해 고의적으로 조작된 정보를 알렸다. 모이란츠 왕국을 제외한

다른 나라들의 군대가 벌써 하르페 왕국의 국경에 도착했다는 것이다.

멜보루 공작이 사적으로는 질로트 국왕의 처남이라고는 하지만 이번 전쟁에서 확실한 공을 세우지 못할 경우 권력 구도에서 밀릴 가능성이 높았다.

솔직히 질로트 국왕이 다른 유능한 귀족들을 놔두고 굳이 멜보루 공작을 총사령관으로 세운 것은 하르페 왕국이라는 넓은 땅을 독식하기 위해서다. 하르페 왕국의 영지를 통해 다른 귀족들을 조종하려는 것이다.

그러기 위해서라도 멜보루 공작이 가장 먼저 하온을 넘어야 했다.

하지만 가야 할 길은 여전히 멀고도 험했다. 어렵게 국경에 도착했지만 그들 앞에는 여덟 개의 단단한 요새들이 버티고 있었다.

"그러니까 이 요새들을 전부 함락시켜야 한단 말이야?"

"그렇습니다. 공작님. 요새들이 서로 돕고 돕는 구조로 이루어져 있어 전부 함락시키지 못하면 보급선이 공격받을 가능성이 높습니다."

"제길! 이 많은 걸 언제 다 함락시켜?"

"그래도 요새를 지키는 병력들은 많지 않을 테니까 차근차근 점령하다 보면……."

"뭐? 차근차근? 이 멍청한 놈아! 넌 소문도 못 들었어? 다른 나라들은 벌써 전투에 들어갔다잖아!"

"하, 하지만 지나치게 서두르시면……."

"너 우리가 하온에서 가장 멀리 떨어져 있는 커 알아, 몰라? 요새들을 하나하나 점령한답시고 시간을 허비했다가 다른 나라가 먼저 하온을 차지하면 책임질 거야? 그땐 네 목을 걸 수 있냐고?"

"아, 아닙니다. 시정하겠습니다."

멜보루 공작의 으스스한 협박에 총전략관 디플러 자작이 작전을 변경했다. 군을 여덟 개로 나누어 일시에 요새를 공략하는 것으로 말이다.

"그래, 진즉 이래야지. 이렇게만 하면 시간도 단축되고 좋잖아. 안 그래?"

이번 작전은 마음에 드는 듯 멜보루 공작이 히죽 웃었다. 하지만 디플러 자작은 자신이 내놓은 작전이 썩 마음에 들지 않았다.

멜보루 공작은 금방 끝날 것이라고 호언장담했지만 원정군에 포함된 지휘관들 중 전략전술에 능한 자는 손에 꼽힐 정도였다. 그들조차 오는 과정에서 멜보루 공작에게 찍혀 후방의 보급군으로 밀려난 상황이었다.

일반적으로 요새는 성보다 단단하고 방어에 용이하기 때문에 적은 병력으로도 대군을 상대할 수 있었다. 병사들의 사기와 훈련도가 어느 정도냐에 따라 다르겠지만 적어도 3배 이상의 병력은 막아낼 수 있었다.

이는 다시 말해 요새를 지키는 병력의 3배 이상으로 공격해야만 승산이 있다는 뜻이기도 했다. 공략 시간을 단축시키기 위해서는 적어도 5배 이상의 병력을 움직여야만 했다.

사전에 조사한 바에 따르면 여덟 요새를 지키는 병력은 적게는 5천에서 많게는 1만까지다. 25만의 병력으로 각각을 상대한다면 어렵지 않게 승리할 수 있었다. 하지만 이 병력을 여덟으로 나누면 상당히 애매한 병력이 되고 만다.

"에잇, 나도 몰라. 어떻게든 되겠지. 설마하니 지기야 하겠어?"

디플러 자작은 애써 전략에 대한 부담감을 떨쳐 냈다. 하르페 왕국이 동시에 다섯 왕국을 상대해야 한다는 점을 감안했을 때 승산은 충분하다고 여겼다.

하지만 그 같은 방심이 큰 화를 불러올 줄은 미처 생각하지 못했다.

2

멜보루 공작의 지시에 따라 모이란츠 왕국군은 여덟으로 나뉘어 여덟 요새 앞으로 진군했다.

가장 남쪽에 있는 에반트 요새는 힐던 백작이 이끄는 3만 병력이 공격하기로 했다.

에반트 요새의 수용 병력은 8천 정도. 수비 병력에 비해 거의 4배에 가까운 병력인 만큼 힐던 백작도 어렵지 않게 승리할 것이라 여겼다.

하지만 막상 에반트 요새에 도착해 보니 듣는 것과는 분위기가 전혀 달랐다.

"뭐, 뭐야! 저 병력들은!"

놀랍게도 에반트 요새뿐만 아니라 주변에 5만이 넘는 병력들이 배치되어 있었다.

이들은 과거 바르카스 공작이 조련하던 병사들이었다. 명예 회복을 위해 단리명의 명에 따라 이 곳 에반트 요새에 몰려온 것이다.

그들에게 주어진 임무는 간단했다. 적군이 혼란에 빠질 때 인정사정없이 돌격하라는 것이다.

처음 그 작전을 전달받았을 때만 하더라도 다들 전멸을 각오했었다. 자신들의 희생으로 가족들이 편해질 수 있다면 그것만으로 충분하다고 여겼다.

하지만 실제 에반트 요새로 몰려온 병력들을 보자니 할 수 있다는 자신감이 생겼다.

"병력의 일부만 올 거라더니 정말이잖아?"

"저 정도면 한 번 해 볼만 하지 않겠어?"

병사들의 얼굴에 자신감이 번졌다.

반면 힐던 백작과 모이란츠 왕국군은 불안함에 어쩔 줄을 몰랐다.

"왠지 함정 같습니다."

"제 생각도 같습니다. 군을 물리셔야 합니다."

전략관들이 앞다투어 퇴각을 간했다. 하지만 욕심 많은 힐던 백작도 쉽사리 군을 물릴 수가 없었다.

그때였다.

"파이어 레인!"

갑작스럽게 하늘에서 뜨거운 불덩어리들이 쏟아져 내리기

시작했다.

"마, 마법이다!"

"피해라!"

설마하니 마법이 터져 나올 것이라고는 생각하지 못한 모이란츠 왕국군이 우왕좌왕대기 시작했다. 그 틈을 놓치지 않고 단리명과 쥬피로스가 5만 병력과 함께 모이란츠 왕국군의 측면을 파고들었다.

"적이다!"

"도, 도망쳐!"

갑작스런 공격에 모이란츠 왕국군은 혼란에 빠졌다. 초반 접전에 멍하니 서 있던 힐던 백작이 전사하면서 병사들의 통제마저 불가능해졌다.

그 사이 에반트 요새 옆에 대기 중이던 5만 병력이 전장에 합류했다.

"이놈!"

"죽어라!"

모이란츠 왕국군을 향해 병사들이 인정사정없이 검을 휘둘렀다.

"커억!"

"크아악!"

마법에 이어 대군의 기습 공격을 받은 모이란츠 왕국의 3만 병력이 순식간에 무너져 내렸다.

3

힐던 백작을 시작으로 단리명은 옛 바르카스 공작군을 이끌고 모이란츠 왕국군을 각개격파해 나갔다. 지나치게 방심하고 있던 모이란츠 왕국군은 이렇다 할 반격조차 하지 못하고 빠르게 무너져 내렸다.

그렇게 여덟으로 나뉜 모이란츠 왕국군을 괴멸시키기까지 걸린 시간은 고작 4일에 불과했다.

"이제 티마르 공작령으로 가실 차례입니다."

전투가 끝나기가 무섭게 스탈란 남작이 다가와 말했다.

"가자!"

단리명이 주요 수뇌들과 함께 샤이니아의 막사를 찾았다. 그 사이 샤이니아는 불필요한 마나석들을 배치하느라 정신이 없었다.

"아직 멀었소?"

샤이니아의 막사에 든 단리명이 물었다.

"아닙니다, 전하. 다 됐습니다."

샤이니아가 기다렸다는 듯이 단리명을 마법진 안으로 끌어들였다.

"자, 다른 사람들도 마법진 위에 올라서세요. 선 밟지 않게 주의하고요."

샤이니아의 지시에 따라 주요 귀족들이 전부 마법진 위에 올랐다.

"자, 갑니다."

샤이니아가 마나를 끌어 올려 텔레포트 마법을 시전했다.

후아아앗!

눈부신 빛무리가 단리명 일행을 집어삼켰다.

4

"우욱!"

"욱! 욱!"

텔레포트 마법진의 후유증은 인간들이 쉽게 감내할 수 있는 게 아니었다.

스탈란 남작을 비롯한 주요 귀족들은 대부분 치미는 헛구역질에 고생해야 했다.

하지만 단리명은 쉴 틈이 없었다. 샤이니아의 손에 이끌려 곧바로 아이로크 왕국군을 상대해야 했다.

"저기 선발군이 와요."

구릉 아래를 가리키며 샤이니아가 말했다. 그녀의 말처럼 선발군으로 보이는 2만여 병력들이 천천히 티마르 공작령 쪽으로 다가오고 있었다.

"그럼 다녀오겠소."

단리명은 수라마도를 뽑아 들며 구릉 아래로 내달렸다. 그리고 당당히 선발군 앞을 막아섰다.

"정체 모를 사내 하나가 길을 막아섰습니다."

그 사실이 아이로크 왕국 선발군 사령관인 파밀라 후작에게 전해졌다.

"시간 끌 것 없이 쫓아내라!"

"알겠습니다."

파밀라 후작의 명을 받은 기사 하나가 검을 뽑아 들며 단리명에게 다가왔다. 단리명을 겁먹게 만들어 길 밖으로 쫓아내려는 모양이었다.

하지만 단리명은 눈 하나 까딱 하지 않았다. 오히려 코앞까지 다가온 기사의 가슴을 향해 수라마도를 내질렀다.

퍼어엇!

둔탁한 소리와 함께 기사의 갑옷이 쪼개졌다. 그 사이로 뜨거운 핏물이 흘러나왔다.

쿵!

절명한 기사가 그대로 말 아래로 떨어져 내렸다. 그 사실이 다시 파밀라 후작에게 전해졌다.

"흥! 실력 하나 믿고 덤빈 적 기사인 모양인데 마법을 사용해서 혼쭐을 내주어라!"

파밀라 후작은 궁지에 몰린 하르페 왕국에서 기사를 희생해 진군을 지체시키려 한다고 생각했다. 그래서 기사들과는 상극인 마법사들을 동원했다.

"파이어 애로우!"

"윈드 커터!"

파밀라 후작의 지시대로 마법사들은 마법을 사용해 단리명을 공격했다.

하지만 그들이 만들어 낸 구현은 단리명이 휘두른 도에 부딪쳐 사라졌다. 단리명이 끌어 올린 3성의 천마지존강기 앞에서 저레벨의 마법 따위는 통하지 않았다.

무려 3천이 넘는 마법사들이 돌아가며 단리명을 공격했지만 실패에 그쳤다.

"이놈이!"

약이 오른 마법사들은 더욱 마나를 끌어 올렸다. 단리명 하나를 잡기 위해 동시에 마법을 펼쳐 냈다.

그러나 단리명은 가볍게 수라마도를 휘두르는 것으로 마법사들의 공격을 막아 냈다.

"에잇! 저딴 놈 하나 상대하지 못하고 뭘 하는 것이냐! 고위 마법을 사용해라!"

보다 못한 파밀라 후작이 마법사들의 제한을 해제시켜 주었다. 전장에서 마법사들은 지휘관의 지시가 있을 때까지 함부로 고위 마법을 사용할 수 없었다.

"맡겨만 주십시오."

마법사들은 기다렸다는 듯이 마나를 끌어 올렸다. 일부는 서로 힘을 합쳐 범위 마법을 준비하기도 했다.

저 마법들이 한꺼번에 몰려든다면 제아무리 단리명이라 해도 위험한 상황이었다. 바로 그 순간,

"해비 스톰!"

구릉 위에서 낭랑한 목소리가 터져 나왔다.

쿠르르르르릉!

샤이니아가 일으킨 광폭한 마법이 그대로 아이로크 왕국 선발군 위로 휘몰아쳤다.

"마, 마법이다!"

"막앗!"

샤이니아의 마법을 감지한 마법사들이 마법의 방향을 바꾸어 광풍을 향해 마법을 날렸다.

본래라면 간섭 마법 등을 펼쳐서 마법을 분쇄해야 했지만 막 단리명을 공격하려던 터라 마법을 멈출 수가 없었다.

그 과정에서 마나 컨트롤이 약한 수많은 마법사들이 피를 토하며 쓰러졌다. 갑작스럽게 마나의 성질을 바꾸면서 내상을 입은 것이다.

그러나 애석하게도 그들의 노력은 수포로 돌아갔다. 마법사들이 내상을 각오하면서까지 마법을 막으려 했지만 샤이니아의 힘이 워낙 강력했다.

"크어억!"

"으앗!"

마법에 휩쓸린 병사들의 입에서 비명이 터져 나왔다. 날카로운 바람이 살갗을 벗겨 내고 몸을 난도질하는데 당해 낼 재간이 없었다.

"막아! 막아라!"

파밀라 후작이 악을 내지르며 마법사들을 독려했지만 소용없었다. 평정심을 잃은 상황에서도 마법을 구현해 낼 만큼 인간들은 강하지 못했다.

그렇게 해비 스톰이 지나간 자리에는 수많은 시신들만이 나뒹굴었다. 2만여 명의 병사들 중 살아남은 이들은 고작 5천여 명에 불과했다. 그들조차 크고 작은 부상에 신음했다.

그보다 더 큰 쾌거는 아이로크 왕국군이 자랑하는 마법 병단이 무용지물이 되었다는 것이다.

선발군에 속해 있던 마법사들은 샤이니아의 마법을 막는 과정에서 입은 내상이 깊어 한동안은 마법을 사용할 수 없게 됐다. 마법을 사용할 수 없는 마법사들은 전쟁에서 짐이나 마찬가지였다.

"대공 전하. 이대로 우리가 전부 쓸어버려도 충분할 것 같은데요?"

예상 외의 성과에 샤이니아가 즐거움을 감추지 못했다. 그러자 단리명이 걱정스런 목소리로 말했다.

"텔레포트도 마나 소비가 크다는 것으로 알고 있는데 고위 마법을 사용해도 괜찮은 것입니까?"

"예? 아, 그게……."

순간 샤이니아의 입가에서 미소가 사라졌다. 단리명을 괴롭히는 마법사들의 모습에 발끈한 나머지 지나치게 강한 마법을 사용해 버렸다.

그렇다고 이제 와서 드래곤이라고 고백할 수도 없는 노릇.

"아아, 대공 전하. 어지러워요."

갑작스럽게 샤이니아가 이마를 짚으며 비틀거렸다.

"이런. 내 어깨에 기대시오."

단리명이 다급히 샤이니아를 부축했다.

Chap.
62

감히 어딜 넘보느냐!(中)

1

단리명의 눈치를 보며 힘 조절을 한 샤이니아의 노력 덕분에 아이로크 왕국군은 괴멸의 위험을 벗어나 무사히(?) 엘덴 협곡에 들어설 수 있었다. 하지만 그때는 이미 마법 병단의 마나 소비가 극심해 마법적인 도움을 기대할 수 없었던 상황이었다.

그런 아이로크 왕국군을 맞이한 것은 샤이니아가 강하게 조련한 하르페 왕국 마법사들.

"공격하라!"

명령이 떨어지기가 무섭게 마법사들이 협곡 위에서 마법을 쏟아부었다.

콰르르르릉!

그 엄청난 마력이 일시에 협곡을 무너뜨렸다. 그리고 무너진 돌덩어리들이 우왕좌왕하는 아이로크 왕국군을 그대로 집어삼켜 버렸다.

"으아아악!"

"사람 살려!"

단리명과 샤이니아의 잦은 견제 속에 이미 지칠 대로 지쳐 버린 아이로크 왕국군은 이렇다 할 반항조차 하지 못하고 그대로 매몰되는 비극을 맞았다.

하지만 하르페 왕국의 마법사들은 승리에 취해 있을 시간이 없었다.

곧바로 칼리오스 공작령으로 향해 자이렌 왕국의 침략에 대비해야 했다.

2

아이로크 왕국군이 엘덴 협곡에서 전멸한 무렵, 단리명과 샤이니아는 발렌시아 공작령에 와 있었다.

"오셨습니까. 대공 전하."

밸란틴 백작이 단리명 일행을 맞았다. 그는 발렌시아 공작 사후 단리명에 투항한 자로 현 발렌시아 공작 세력을 대표하고 있었다.

비록 지난 반란으로 발렌시아 공작이 죽고 그를 따르는 주요 귀족들마저 전사했지만 발렌시아 공작이 이뤄 놓은 기반만큼은 여전했다.

밸란틴 백작은 그 기반을 지키기 위해 단리명과 독대했

다. 단리명에게 하르페 왕국을 위해서라도 발렌시아 공작이 육성한 기사들을 거둬들여야 한다고 주장했다.

고심 끝에 단리명은 밸란틴 백작의 간청을 받아들였다. 하지만 아직까지 이렇다 할 기회는 주지 않았다.

옛 발렌시아 공작 진영에서도 이러다가 새로운 하르페 왕조에서 뒷전으로 밀리는 것 아니냐는 우려의 목소리가 흘러나올 정도였다.

밸란틴 백작도 내심 그 점이 걱정이었다. 그래서 이번 여왕 즉위식 때 단리명과 다시 한 번 독대를 가질 계획을 가지고 있었다.

그러던 차에 절호의 기회가 찾아왔다. 후텐 왕국을 비롯한 주변국들이 대군을 이끌고 겁도 없이 하르페 왕국을 침공해 온 것이다.

잔뜩 들뜬 밸란틴 백작에게 후텐 왕국군을 상대할 병력을 준비하라는 단리명의 전언이 전달되었다. 밸란틴 백작은 기다렸다는 듯이 발렌시아 공작 세력이 준비해 왔던 병력들을 전부 끌어 모았다.

그 수가 자그마치 20만.

후텐 왕국의 중앙군 18만보다 더 많은 수였다.

그래서일까.

"대공 전하! 맡겨만 주십시오. 제가 선봉에 서서 후텐 왕국의 기세를 꺾어 놓겠습니다!"

밸란틴 백작은 지나치게 욕심을 드러냈다. 어떻게 해서든 이번 기회에 단리명에게 인정을 받겠다는 의지가 지나쳐 보일 정도였다.

하지만 단리명은 발렌시아 공작령에서 후텐 왕국군과 노닥거릴 시간이 없었다.

후텐 왕국을 각개격파하기 위해서는 알비온 요새로 끌어들여야 했다. 밸란틴 백작의 요구대로 군을 이끌고 밖으로 나갈 필요가 없었다.

그렇다고 밸란틴 백작의 간절함을 모른 척 외면하고 싶지도 않았다.

천마신교에서 공을 세우겠다며 욕심을 부리는 자들은 한둘이 아니었다. 그리고 그들 중에 천마신교의 요직에 앉는 이들이 나왔다.

비록 발렌시아 공작의 수족 노릇을 해 왔지만 하르페 왕국에서 인정받고 싶다는 밸란틴 백작의 바람은 진심이었다. 그가 인정받아야만 그가 그토록 지키고 싶어 했던 재능있는 기사들도 인정받을 수 있었다.

"스탈란 남작."

"부르셨습니까. 전하."

"밸란틴 백작이 준비한 병력을 최대한 활용할 수 있는 전략을 내놓아라."

"알겠습니다. 전하."

단리명의 명에 따라 스탈란 남작은 전략을 바꿨다. 적들을 알비온으로 깊숙이 끌어들이는 기본적인 틀은 변함이 없었다. 대신 밸란틴 백작에게 역할을 주었다.

"그러니까 적의 후미를 공격하란 말인가?"

"그렇습니다. 아마 대공 전하께서 먼저 적진을 흔들어 놓을 것입니다. 그 사이 백작님께서 후방에 배치될 적의 사령부를 급습해 주십시오."

"사령부를? 내가 정말 사령부를 공격해도 괜찮겠는가? 대공 전하께서 언짢아하시지 않겠는가?"

"괜찮습니다. 솔직히 대공 전하께서 공을 탐내셔 봐야 무엇 하시겠습니까?"

"하, 하긴 그렇군. 알겠네. 내 기필코 적의 총사령관의 목을 가져오겠네."

"기대하겠습니다. 백작님."

스탈란 남작으로부터 전략을 전달받은 밸란틴 백작은 10만 병력을 이끌고 우회해 알비온 요새 근처에 매복했다.

그런 사실을 모른 채 후텐 왕국의 18만 병력은 격전지로 예정된 알비온 요새로 다가왔다.

3

"저곳이 알비온 요새란 말이지?"

18만 후텐 왕국군을 이끄는 총사령관 바비라 공작이 높게 솟은 성채를 올려다봤다.

알비온 요새는 악명이 자자한 하르페 왕국 북쪽의 입구였다. 이곳을 넘지 못하면 하온을 점령하겠다는 계획도 수포로 돌아가고 만다.

하지만 하르페 왕국이 세워지고 지금까지 알비온 요새가

함락된 적은 단 한 번도 없었다.

후텐 왕국에서도 이번만큼은 단단히 벼르고 있었다. 이번마저 실패하고 만다면 하르페 왕국을 차지하겠다는 야심은 버려야 했다.

바비라 공작은 후텐 왕국 카이넬 국왕이 고심하고 고심한 끝에 결정한 총사령관이었다. 칠십을 바라보는 나이라 다소 위험하긴 했지만 속전속결로 밀고 가야 하는 이번 전쟁에서 바비라 공작의 경험이 꼭 필요했다.

그러나 애석하게도 바비라 공작도 하르페 왕국은 처음이었다. 늘 북방에 머물던 그에게 갑자기 남부 공략을 맡긴 카이넬 국왕의 선택도 최선이었다고는 보기 어려웠다.

"생각했던 것보다 입구가 좁군."

"그렇습니다. 공작님. 그래서 지금까지 단 한 번도 함락되지 않은 것으로 알고 있습니다."

"흐음, 단지 입구가 좁아 공략하기 어려운 것이라면 좋을 텐데……."

알비온을 꼼꼼히 살피며 바비라 공작이 불안한 얼굴로 중얼거렸다.

그의 경험상 이런 종류의 성채는 공략하기가 좀처럼 쉽지 않았다. 지형적인 불리함도 있지만 이것저것 공격하는 쪽에 불리한 여건들이 많았다.

바비라 공작은 가급적 빨리 알비온 공략의 어려움을 파악하고 싶었다. 그래야 애꿎은 병력 피해를 최소한으로 줄일 수가 있었다.

"한 사흘 정도 쉬었다 간다고 여기세."

바비라 공작은 지휘관들에게 굳이 서두르지 않을 것임을 분명하게 했다.

지휘관들도 동의하듯 고개를 끄덕였다. 하온을 하루 빨리 점령하는 것도 중요하지만 병력을 최대한 아껴야만 남은 전쟁에서 승리할 수 있었다.

하지만 단리명은 후텐 왕국군을 사흘씩이나 기다려 줄 마음이 전혀 없었다.

"가자!"

후텐 왕국군이 어수선한 틈을 타 단리명은 쥬피로스와 함께 적진으로 파고들었다. 그들의 뒤에는 발렌시아 공작이 직접 키웠다는 200명의 기사들이 함께 했다.

샤이니아의 은폐 마법을 통해 적진 깊숙이 숨어든 단리명과 기사들은 적들의 보급 창고로 들어가 샤이니아가 만들어 준 마법 스크롤을 찢었다. 최소 열흘간은 버틸 수 있는 식량을 몽땅 태워 버리려는 것이다.

"불이다!"

"식량 창고에 불이 붙었다!"

뒤늦게 그 사실을 알아챈 후텐 왕국군 진영은 발칵 뒤집혔다. 만에 하나 식량 창고가 전부 타 버린다면 전투는 해 보지도 못하고 퇴각해야 할지 몰랐다.

그러나 식량 창고에 붙은 불은 좀처럼 꺼질 생각을 하지 않았다.

평범한 마법사의 마나가 담긴 불꽃이라면 어렵지 않게 잡

혔을 것이다. 하지만 샤이니아의 마나는 인간들의 힘으로 쉽게 잠재울 수 있는 게 아니었다.

결국 식량 창고가 완전히 전소되고서야 불이 꺼졌다.

"허허."

바비라 공작이 헛웃음을 터트렸다. 잠깐 방심한 사이 적들에게 한 방 먹을 것이라고는 생각지 못한 모양이었다.

"이렇게 된 것, 알비온을 공격해야 합니다."

"맞습니다. 병사들의 사기가 떨어지기 전에 공격을 서둘러야 합니다."

전략관들이 바비라 공작에게 한 목소리로 간했다. 이대로 사기가 떨어지면 정말 싸워 보지도 못하고 군을 물리는 일이 생기고 말 것이다.

"날이 저물기 전에 공격하시오."

바비라 공작은 마지못해 고개를 끄덕였다. 큰 기대는 하지 않았지만 최소한 병사들이 전투를 통해 분을 풀 수 있기를 바랐다.

그러나 정말 분풀이를 제대로 한 것은 후텐 왕국군이 아니라 옛 발렌시아 공작가의 병사들이었다.

"막아라!"

몰려드는 적들을 바라보며 기사들이 악을 질렀다.

"이놈들!"

"어딜 넘보느냐!"

병사들도 한 마음으로 성벽을 공략하는 적들을 막아 냈다.

그러는 사이 밸란틴 백작이 이끄는 10만 병력이 후텐 왕
국군의 후미에 도착했다.

"아뿔싸!"

뒤늦게 적들의 전략을 파악한 바비라 공작이 한탄을 내뱉
었다. 하지만 이미 전황은 하르페 왕국 쪽으로 급격히 기울
고 말았다.

4

이틀간의 치열한 접전 끝에 후텐 왕국군이 전멸에 가까운
타격을 입고 물러났다.

"면목 없습니다."

약속했던 바비라 공작을 놓쳤다는 사실에 밸란틴 백작은
고개를 들지 못했다. 하지만 단리명은 크게 개의치 않았다.
밸란틴 백작과 병사들이 용감히 싸워 준 덕분에 후텐 왕국
군을 별 무리 없이 무찌를 수가 있었다.

"저들이 언제 다시 올지 모르니 이곳을 단단히 지키고 있
어라."

단리명은 밸란틴 백작에게 다시 한 번 기회를 주었다.

"마, 맡겨만 주십시오!"

틀림없이 큰 질책을 받을 것이라며 걱정하던 밸란틴 백작
의 얼굴에 웃음이 번졌다.

후텐 왕국군과의 싸움이 정리되자 단리명은 샤이니아의
도움으로 칼리오스 공작성으로 향했다.

"어서 오십시오. 대공 전하."

후텐 왕국군과의 싸움이 생각보다 일찍 끝나서일까. 아니면 칼리오스 공작이 깔아 놓은 함정에 자이렌 왕국군이 고전을 면치 못하는 것일까. 아직 자이렌 왕국군은 칼리오스 공작령에 도착하지 못한 상태였다.

하지만 아직 여유를 부리기에는 일렀다. 당초 계획했던 대로 적들을 원하는 전장터로 끌어들여야 했다.

"베온 숲에서 화공으로 승부를 보는 편이 좋겠습니다."

스탈란 남작의 말에 칼리오스 공작이 이맛살을 찌푸렸다. 엘프의 피가 흐르고 있는 그로서는 애꿎은 숲과 나무를 파괴한다는 게 마음에 들지 않았다.

하지만 전쟁 중에 개인적인 감정은 불필요했다. 필요하다면 영지라도 불태울 독기가 있어야 했다.

"칼리오스 공작. 그대가 직접 적들을 끌어들이도록."

단리명이 매정한 목소리로 말했다.

"알겠습니다. 대공 전하."

칼리오스 공작이 질근 입술을 깨물었다.

Chap.
63

감히 어딜 넘보느냐!(下)

1

"어째 으스스하군."

베온 숲을 바라보며 자이렌 왕국군 총사령관 에나멜 공작
이 목을 움츠렸다.

지금껏 수많은 전투를 치러 온 백전노장인 그였지만 베온
숲은 다른 숲들과는 달랐다. 뭐랄까, 숲 자체가 살아 움직
이는 것 같았다.

물론 숲은 원래 살아 있다. 나무와 수풀 등 수많은 생명
체들이 살아 숨쉬고 있으니 살아 있다는 표현이 옳았다.

하지만 그것들은 감히 인간들에게 해를 끼치지는 않는다.
전쟁을 하는데 가끔 장애가 되긴 하지만 인간들을 신경 쓰
이게 만들지는 않는다.

그러나 베온 숲은 달랐다. 가끔 넝쿨을 뻗어 진군을 방해

하는가 하면 종종 음산한 소리를 내며 병사들을 움찔 놀라게 만들었다. 자고 일어나면 전혀 다른 환경을 만들어 방향감을 잃게 만들기도 했다.

그래서 예로부터 베온 숲을 혼란의 숲이라고 불렀다. 한번 들어가면 쉽게 빠져나오지 못한다는 것이다.

그럼에도 베온 숲을 통해 진군하는 건 그럴 수밖에 없었기 때문이다.

칼리오스 공작령에 리먼 대공이 왔다고 한다. 칼리오스 공작과 함께 칼리오스 공작령의 입구인 베인 성에서 자신들을 기다리고 있다고 한다.

리먼 대공에 대한 소문은 에나멜 공작도 익히 들어 알고 있었다.

들리는 소문을 전부 믿을 수는 없지만 대단한 자임에는 틀림없었다. 신성 제국의 사신들조차 감히 리먼 대공을 어쩌지 못할 정도였다.

그렇다 보니 에나멜 공작도 단리명과 직접 부딪치기가 꺼려졌다. 가급적이면 전술적인 우위를 점하며 하온으로 진군하고 싶었다.

그래서 선택한 게 베온 숲을 통과하는 것이다. 칼리오스 공작령의 자연 방패물이나 마찬가지인 베온 숲을 지나 칼리오스 공작령의 측면을 공격한다면 보다 쉽게 하르페 왕국 공략이 가능해지는 것이다.

"숲에 홀리지 마라! 정신 바짝 차려라!"

진군하며 틈이 날 때마다 에나멜 공작은 병사들을 다독거렸다. 정신만 바짝 차리면 아무 일도 없을 것이라며 병사들을 안심시켰다.

하지만 에나멜 공작은 정작 자신이 숲에 홀려 길을 잡고 있다는 사실을 꿈에도 생각지 못했다.

그렇게 자이렌 왕국군이 베온 숲으로 들어선 지 열흘째 되던 날.

"불태워라."

칼리오스 공작의 명령 아래 애써 가꿨던 정령들의 숲, 베온 숲이 불타기 시작했다.

"불이다!"

"숲에 불이 붙었다!"

뒤늦게 메케한 연기를 맡은 자이렌 왕국군이 당황하기 시작했다. 숲 한가운데서 불을 만날 경우 꼼짝없이 타 죽을 수밖에 없었다.

"내가 직접 길을 안내할 테니 걱정하지 마라!"

에나멜 공작은 우왕좌왕하는 병사들을 안심시켰다. 그리고 직접 선두에 나서서 길을 열었다.

여기까지 오는 동안 틈틈이 표식을 남겨 놓았으니 안전한 곳으로 피하는 것도 어려운 일은 아니라고 생각했다. 하지만 애석하게도 그의 생각은 간파된 지 오래였다.

스으으으. 쿵. 쿵.

에나멜 공작의 표식이 새겨진 나무가 마치 사람처럼 일어나 다른 곳에 뿌리를 내리박았다. 그리고 그 자리에는 다른 나무가 뿌리를 내렸다.

에나멜 공작이 굳게 믿던 나무들이 은밀히 자리를 바꿨다. 그들이 안내하는 곳은 안전한 피신처가 아니라 불꽃이 피어 오르는 진원지였다.

"고, 공작 전하! 이 길이 맞는 것입니까?"

가면 갈수록 메케한 연기가 거세지자 지휘관들이 불안함을 드러냈다.

"오면서 내 표식을 보지 않았는가! 그러니 걱정 말고 나만 따르게!"

에나멜 공작은 끝까지 고집을 부렸다. 그러다 결국 불기운에 휩쓸리고 말았다.

2

"하아……."

새까맣게 타 버린 베온 숲을 바라보며 칼리오스 공작이 무겁게 한숨을 내쉬었다.

그에게 있어 베온 숲은 단순한 숲이 아니었다. 엘프의 후예임을 증명하는 증거 같은 것이었다.

베온 숲을 엘프들의 숲처럼 가꾸어 온 것도 다 그 때문이었다. 베온 숲을 통해 자신들의 후손들도 엘프의 후예임을 잊지 말길 바랐던 것이다.

하지만 칼리오스 공작은 승리를 위해 베온 숲을 불태워 버렸다. 20만의 자이렌 왕국군을 전멸시키기 위해 베온 숲에 불을 놓으라 지시했다.

가슴이 찢어졌지만 어쩔 수 없었다. 하르페 왕국을 지키지 못하면 베온 숲도 없는 것이었다.

그러나 솔직히 말해 마음의 쉼터나 마찬가지였던 베온 숲이 불탄 모습을 맨 정신으로 지켜보긴 어려웠다.

"대공 전하. 저도 함께 가겠습니다."

남부로 떠나려는 단리명에게 칼리오스 공작이 청했다.

"함께 가겠다고? 영지는 수습하지 않아도 괜찮겠나?"

단리명이 물었다.

"케이로스가 있으니 괜찮습니다."

칼리오스 공작이 아들인 케이로스에게 뒷일을 맡겼음을 알렸다.

"그렇다면 좋다. 공작도 마법진 위에 오르라."

단리명이 대수롭지 않게 고개를 끄덕였다.

"감사합니다. 대공 전하."

미련을 털듯 칼리오스 공작이 마법진 위로 올라섰다.

3

다른 지역에서 치열한 전투가 치러진 것과는 달리 남부의 전장은 조용했다. 정말 전쟁이 벌어지고 있는 게 맞는지 의심스러울 정도였다.

하지만 헤르카 왕국군의 총사령관 다니엘 공작은 느긋했다. 다르안 국왕의 하나뿐인 동생이라서가 아니다. 굳이 서두르지 않더라도 하르페 왕국 남부의 기름진 땅을 차지할 수 있다는 자신감 때문이었다.

다른 왕국들이 4대 공작을 흔들며 하르페 왕국에 눈독을 들이는 동안에도 헤르카 왕국은 이렇다 할 움직임을 보이지 않았다.

어차피 4대 공작이 독립할 경우 하르페 왕국 남부 영지들만 붕 떠 버리고 만다. 그들에게 적절한 때에 손을 내밀어 영토로 병합할 생각이었다.

비록 4대 공작의 반란이 실패로 돌아가고 하밀 왕국으로 존속하던 하르페 왕국이 옛 영화를 찾겠다며 나섰지만 헤르카 왕국은 남부의 기름진 땅에 미련을 버리지 못했다.

하르페 왕국 남부만 병합하면 헤르카 왕국도 자체적인 곡물 생산이 가능해진다. 식량 수입으로 인해 지출되는 막대한 재화만 아낀다면 헤르카 왕국도 당당히 남부 대륙의 중심 국가로 발돋움할 수 있게 된다.

물론 하르페 왕국이 욕심나지 않는 것은 아니었다. 가장 먼저 하온만 차지하면 하르페 왕국 남부는 물론 모든 영토를 헤르카 왕국에 복속시킬 수 있었다.

하지만 다르안 국왕은 분수를 아는 자였다.

하르페 왕국을 차지하겠다고? 꿈 깨. 헤르카보다 두 배는 넓은 하르페 왕국을 차지해서 뭐하려고? 우리가 인구가 많아, 병력이 많아? 하다 못해 자원이 많아? 지금은 남부만 있으면 돼. 더 먹으면 탈 난다고.

다르안 국왕의 말에 다니엘 공작도 고개를 끄덕이며 동조했다. 확실히 지금 헤르카 왕국에게 필요한 건 비옥한 땅이지 넓은 땅이 아니었다.

사실 그것은 다른 왕국들도 마찬가지였다. 하르페 왕국을 둘러싼 나라들 중 하르페 왕국보다 큰 나라는 없었다. 하르페 왕국보다 인구가 많은 나라도 없었다.

4대 공작의 입김이 지나치게 강해지기 전까지만 해도 하르페 왕국은 신성 제국과 함께 남부 대륙을 이끌어 온 나라였다. 비록 지금은 힘들다 하더라도 그들의 저력을 함부로 무시해서는 안 되는 것이다.

하지만 주변 국가들은 너 나 할 것 없이 하르페 왕국에 욕심을 부렸다. 하르페 왕국을 충분히 소화해 낼 수 있다고 자만하고 있었다.

그러나 둘셋으로 쪼갠다면 모를까 하르페 왕국을 독식하고 멀쩡할 나라는 없었다.

어차피 시간이 지나면 주변국들끼리 치고 받고 싸우게 될 거야. 서로 먼저 하온을 차지했다고 주장하겠지. 그렇게 되면 신성 제국도 굳이 어느 한쪽 편을 들려고 하지 않을 거야. 알아서 분할하라고 놔두겠지. 그때 우리가 하르페 남부를 차지하고 있으면 어떻게 되겠어? 자연히 그 땅은 우리 땅이 되는 거지.

하르페 남부의 국경에 도착한 지 보름이 지났지만 다니엘 공작은 언제나 소극적인 태도로 일관했다. 가끔 기사를 보내 기사전을 신청하는 것을 제외하고는 직접적인 군사적 움직임도 자제했다.

이유야 간단했다. 다른 왕국들이 헤르카 왕국을 견제하는 것을 막기 위해서였다.

그러나 결과적으로 헤르카 왕국의 선택은 단리명에게 시간을 벌어 준 것과 마찬가지가 되어 버렸다.

"고생했다."

일행들과 함께 남부 전선에 도착한 단리명이 하이베크와 로데우스, 메르시오 백작을 격려했다. 비록 큰 싸움은 없었다 할지라도 전선을 지킨 그들의 공이 컸다.

그러나 하이베크와 로데우스는 물론 메르시오 백작까지 이런 식으로 공을 세우는 걸 좋아하지 않았다. 그들은 천생 무인이며 기사였다. 직접 무기를 부딪치며 적들을 쓰러트리는 것을 좋아했다.

지금까지는 단리명의 만류로 인해 꾹 참고 있었지만 이미 네 왕국의 병력이 괴멸에 가까운 타격을 입은 만큼 더는 참을 필요가 없었다.

"전하. 제게 선봉을 맡겨 주십시오."

메르시오 공작이 단리명에게 간청했다. 그러자 하이베크와 로데우스도 한목소리로 말했다.

"대형! 이번에는 제 차례입니다. 잊지 않으셨지요?"

"아닙니다. 대형. 지난번에도 하이베크가 선봉에 서지 않았습니까?"

다들 몸이 근질근질한 듯 단리명에게 선봉을 요구했다. 맡겨만 주면 실망시키지 않겠다며 호언장담을 했다.

하지만 헤르카 왕국과의 마지막 싸움만큼은 전선에서 끝을 낼 생각이 아니었다.

"그렇게 조바심 내지 마라. 이번 기회에 헤르카 왕국에게 단단히 본때를 보여 줄 테니까."

단리명의 말에 메르시오 백작과 하이베크, 로데우스가 한껏 입가를 비틀었다.

단리명이 직접 헤르카 왕국으로 진군하겠다고 한다. 그렇게 되면 자연스럽게 수많은 전투를 치르게 될 터. 선봉을 가지고 다투지 않아도 괜찮았다.

4

다음 날. 단리명은 메르시오 백작이 육성했던 남부의 병력 10만을 이끌고 성문을 나섰다.

"흥, 이제 슬슬 나서려는 모양이군."

하르페 왕국의 움직임을 확인한 다니엘 공작이 눈을 빛냈다. 적들이 먼저 다가오는 만큼 적당히 싸우는 척하며 기력을 빼 놔도 좋을 것이라 여겼다.

"우리도 군을 진군시켜라."

하르페 왕국 쪽과 장단을 맞춰 주기 위해 다니엘 공작도 진군을 명령했다.

둥! 둥! 둥! 둥!

요란한 북소리가 울렸다.

척! 척! 척! 척!

북소리를 따라 병사들이 땅을 구르며 적들 앞에 나갔다.

다니엘 공작은 이번 격돌이 형식적인 싸움으로 끝날 가능성이 높다고 단언했다. 다른 왕국들과 싸우고 있을 하르페 왕국이 굳이 헤르카 왕국까지 직접적인 적으로 돌리려 하지는 않을 것이라 안도했다.

그러나 애석하게도 다른 나라의 병력은 전부 괴멸되다시피 한 상황이었다.

"공격하라!"

물끄러미 적들을 내려다보던 단리명이 단숨에 수라마도를 뽑아 들었다.

후아아앗!

수라마도를 타고 아수라의 형상이 번졌다 사라졌다.

Chap.
64

꿇어라

1

"괜찮아. 그럴 수도 있지."

하르페 왕국과의 첫 전투에서 5천의 사상자를 내며 대패했을 때만 해도 다니엘 공작은 여유가 있었다.

전쟁에서 이기고 지는 거야 늘상 있는 일이다. 그런 것에 일일이 신경 써 봐야 좋을 게 없다.

중요한 건 누가 마지막에 이기느냐 하는 것이다. 누가 최종 승리자가 되는가 하는 것이다.

다니엘 공작은 결국 하르페 왕국 남부를 장악하게 될 것이라고 확신하고 있었다.

하르페 왕국의 사정상 동시에 다섯 왕국의 합공을 감당해 내지 못할 터. 일부러 가장 늦게 움직이는 자신들을 제대로 신경 쓸 여력이 없다고 계산한 것이다.

만일 하르페 왕국에 단리명이 없었다면 다니엘 공작의 바람대로 되었을지 모른다. 하르페 왕국이 다른 나라들에게 신경 쓰는 사이 헤르카 왕국이 야금야금 하르페 왕국 남부를 집어삼켰을지도 모른다.

하지만 애석하게도 하르페 왕국에는 수호신이라 불리는 단리명이 있었다.

"가자!"

단리명이 수라마도를 뽑아 들며 앞장서서 나갔다. 그 뒤로 하이베크와 로데우스, 쥬피로스, 샤이니아, 메르시오 백작이 따라 나섰다.

그리고 그들을 남부의 정예 병력 5만이 뒤따랐다.

이들 다섯만 있어도 헤르카 왕국군을 박살 내는 것은 어렵지 않아 보였다. 저들 중 정상적인 자는 마에스트로를 바라보고 있는 메르시오 백작뿐이었으니까.

하지만 단리명은 물론 하이베크와 로데우스, 쥬피로스, 샤이니아 모두 적당히 실력을 감추며 헤르카 왕국군을 몰아붙였다. 헤르카 왕국군이 덜컥 겁을 먹고 무작정 퇴각하지 못하도록 장난을 친 것이다.

그런 줄도 모르고 헤르카 왕국군은 매번 아쉬운 전투를 치러야 했다. 이길 수 있는 싸움이었는데 안타깝게 함정에 빠진다던지, 갑자기 마법 공격을 받는다던지 해서 분을 삼키며 퇴각하는 일이 잦아졌다.

"괜찮소. 다음에 잘 싸우면 되는 것이오."

지휘관들을 위로하면서도 다니엘 공작은 내심 속이 상했

다. 패배도 하루 이틀이지 전투가 벌어진 열흘 내리 진다는 건 기분 나쁜 일이었다.

더욱이 지난 열흘간 누적된 피해도 만만치 않았다. 사망자가 2만에 전투가 불가능한 부상자가 3만이다. 날마다 5천에 가까운 사상자를 낸 셈이다.

아직 18만이라는 병력이 남아 있지만 패배가 익숙해지면 곤란했다. 그래서 다니엘 공작은 별동대를 조직해 적의 후방을 공략할 계획을 세웠다.

"적들을 끌어들인 사이 성을 공략하고 식량을 불태워라. 할 수 있겠지?"

"맡겨만 주십시오. 공작님."

다니엘 공작의 명에 별동대를 맡은 미키 자작이 자신감을 드러냈다.

어차피 하르페 왕국 남부에 있는 병력이라 봐야 눈에 보이는 게 전부일 가능성이 높았다. 텅 비어있다시피 한 성을 공략하는 것쯤이야 식은 죽 먹기였다.

하지만 정작 남부의 성들은 완벽하게 수비가 되고 있었다. 게다가 주요 식량 창고들은 샤이니아와 함께 온 마법사들이 지키고 있었다.

"적들이다!"

"적들이 성을 넘고 있다!"

미처 기습을 시도하기도 전에 미키 자작과 별동대는 하르페 왕국군에게 발각되고 말았다. 마법사들이 사방에 설치해 놓은 알림 마법에 걸린 것이다.

"제길! 퇴각한다!"

계획이 실패하자 미키 자작은 이를 악물며 퇴각했다. 뒤쫓아 오는 적군에 적지 않은 병사들을 잃었지만 그래도 또 다른 기회가 있을 것이라는 희망을 버리지 않았다.

하지만 그가 다시 헤르카 왕국에 돌아왔을 때는 고약한 피바람이 휩쓴 뒤였다.

"마, 말도 안 돼!"

대지에 죽은 듯 쓰러져 있는 헤르카 왕국의 병사들을 보며 미키 자작이 눈을 부릅떴다. 지금껏 여러 차례 전투를 치렀지만 이토록 많은 사상자를 낸 적은 처음이었다.

물론 이번에도 단리명이 적당히 치고 빠지는 전술을 사용했다면 평소와 엇비슷한 피해로 끝이 났을 것이다. 하지만 단리명은 별동대를 통해 다니엘 공작이 조급해 한다는 사실을 간파했다.

총사령관이 조급하면 생각이 많아진다. 생각이 많아지면 전투를 기피하게 된다.

단리명은 헤르카 왕국의 본토로 밀고 들어가기 전까지 헤르카 왕국군의 수를 최대한 줄여 놓을 생각이었다. 헤르카 왕국뿐만 아니라 이번 전쟁에 끼어들었던 주변국들의 주병력은 중앙군이다. 그리고 그 중앙군이란 국왕의 힘과 권위나 마찬가지였다.

중앙군이 강력한 나라는 왕권이 강하다. 당연히 국왕의 입김이 강할 수밖에 없다.

반면 중앙군이 허약한 나라는 귀족들이 정치를 좌지우지

한다. 옛 하밀 왕국처럼 말이다.

남부에서도 손꼽히는 강국이었던 하르페 왕국이 흔들리기 시작하면서부터 주변 국들은 차근차근 왕권을 다져 나갔다. 그 결실이 바로 이번 하르페 왕국 침공이었다.

그리고 그들의 오랜 결실을 단리명은 인정사정없이 부숴 놓았다.

이대로 헤르카 왕국군마저 무너지면 주변국들의 사정이 어찌 돌아갈지는 뻔할 노릇이다. 힘을 잃은 국왕은 귀족들의 시달림을 받게 될 것이다. 무리하게 군을 일으켰다가 대패를 했으니 그 책임도 져야 했다.

반면 주변국들이 시끄러운 동안 하르페 왕국은 차근차근 내실을 다질 수가 있었다. 그렇게만 된다면 잠시 단리명이 떠나 있더라도 별 문제는 없을 것이다.

"이대로 적들을 국경 밖으로 몰아낸다!"

잠시 숨을 고른 단리명이 다시 수라마도를 뽑아 들었다.

후아아앗!

수라마도의 도면에 새겨진 아수라가 더욱 흉측하게 일그러졌다.

2

단리명이 작심하고 헤르카 왕국을 몰아치면서 전선의 상황이 급변했다.

"막아라! 밀리면 안 된다!"

어떻게든 전선을 지키고 싶었던 다니엘 공작은 지휘관들을 다그쳤다. 일단 퇴각해야 한다는 지휘관들의 말을 끝까지 묵살했다.

전투가 치열해지자 남부에 머무르고 있던 귀족들의 사병 10만이 급히 단리명을 지원했다. 자신들의 영지가 안전해지자 공을 세우기 위해 나선 것이다.

자연스럽게 단리명이 이끄는 남부군은 15만으로 늘어났다. 반면 헤르카 왕국군은 하루가 다르게 줄어들었다. 전선을 지키겠다고 고집을 부리다 무려 10만에 가까운 사상자를 내고 만 것이다.

23만을 헤아리던 헤르카 왕국군이 채 10만도 남지 않았다. 반면 남부군의 피해는 2만에 불과했다.

"이대로는 어렵습니다."

"맞습니다. 병사들이 너무 지쳐 있습니다."

지휘관들은 다니엘 공작에게 거듭 퇴각을 요청했다.

"크윽! 제길!"

다니엘 공작도 마지못해 현실을 받아들였다.

돌아간다.

치열했던 전선의 공방전이 끝난 다음 날. 다니엘 공작은 퇴각 명령을 내렸다.

헤르카 왕국 병사들은 지칠 대로 지쳐 있었다. 크고 작은 부상을 당하지 않는 자가 없었다.

그래도 병사들의 표정은 밝았다. 언제 죽을지 모르는 불안감에서 해방된 것이다.

일반적으로 침략군이 자국으로 돌아가면 침략을 받았던 나라도 승리를 자축한다. 굳이 국경 너머까지 쫓아가 침략군을 공격하지 않는다.

하르페 왕국은 헤르카 왕국뿐만 아니라 주변국들의 공격을 받고 있었다. 남부 전선이 운 좋게 정리되었다 하더라도 다른 나라들과의 전쟁에 대비해야 할 테니 다급히 군을 돌릴 것이라고 생각했다.

하지만 그들은 알지 못했다. 하르페 왕국의 남은 적국이 자신들 뿐이라는 사실을.

"이대로 헤르카의 심장까지 진격한다!"

단리명은 쉴 틈도 주지 않고 헤르카 왕국군을 뒤쫓았다. 도망치는 적들의 꼬리를 자르고 몸통을 쪼갠 뒤 기어코 머리까지 베어 버렸다.

"주, 죽다니! 누가 죽었단 말이냐!"

믿었던 다니엘 공작의 전사 소식을 들은 다르안 국왕은 불같이 분노했다. 수도인 헤몬에 거의 다 도착했다는 서신을 받은 게 어제인데 죽다니! 이토록 비열한 짓을 저지른 하르페 왕국을 결코 용서할 수가 없었다.

그러나 하르페 왕국의 입장에서 진짜 비열한 짓을 저지른 건 헤르카 왕국이었다.

"전하! 적들이 몰려오고 있습니다!"

"피하소서, 왕궁은 위험합니다!"

단리명이 이끄는 남부군이 헤몬까지 진격하자 귀족들이 한목소리로 소리쳤다. 자신들의 영지를 지키기 위해서라도 일단 왕실이 건재해야 했다.

하지만 다르안 국왕은 고집을 부렸다.

"도망치라니! 경들이 정녕 헤르카의 귀족들이란 말인가!"

어떻게든 친동생인 다니엘 공작의 복수를 해야겠다며 직접 하르페 왕국군과 맞섰다.

하온만큼이나 유서 깊은 헤몬은 무척이나 튼튼한 성이었다. 원정에 지친 하르페 왕국의 12만 병력이 쉽게 넘볼 상대가 아니었다.

그러나 하르페 왕국에는 샤이니아가 있었다.

"파이어 레인!"

샤이니아가 구현해 낸 고레벨의 마법이 헤몬의 성벽 위로 떨어져 내렸다.

펑! 퍼엉!

뜨거운 불덩이들이 그대로 성벽을 강타했다.

"으아악!"

"커억!"

성벽을 지키고 있던 병사들이 불기운에 휩쓸렸다.

"당장 성문을 열지 않으면 헤몬 전체를 불살라 버리겠다!"

샤이니아의 노성이 쩌렁하게 울렸다. 단순히 빈말은 아닌 듯 그녀가 한 가득 마나를 끌어 올렸다.

그 모습에 겁을 먹은 헤몬의 병사들이 알아서 성문을 열어 주었다.

"대공 전하. 성문이 열렸어요."

샤이니아가 단리명을 보며 싱긋 웃었다.

"수고했소. 갑시다."

단리명이 샤이니아와 나란히 헤몬으로 들어갔다.

3

"사, 살려 주시오. 시키는 건 무엇이든지 하겠소."

순식간에 헤몬이 박살나자 다르안 국왕도 두려움에 벌벌 떨었다.

하르페 왕국이 이토록 강한 줄 알았다면 결코 공격하지 않는 건데. 욕심에 눈이 멀어 아끼던 동생과 중앙군을 모두 잃은 게 뼈저리게 후회가 됐다.

그렇다고 이대로 죽을 수는 없었다. 더욱 악착같이 살아서 언제고 이 굴욕을 씻어야 했다.

하지만 다르안 국왕의 바람이 이루어지기는 요원해 보였다. 운 좋게 목숨을 건질 수 있을지는 몰라도, 앞으로 수백 년간은 하르페 왕국 쪽은 욕심도 내지 못할 것이다.

"국왕의 인장을 찍어라."

단리명이 무릎 꿇은 다르안 국왕에게 협정서를 내밀었다. 그 안에는 향후 100년간 하르페 왕국을 상국으로 삼으며 조공하겠다는 굴욕적인 내용이 담겨 있었다.

"이, 이건……."

다르안 국왕이 이맛살을 찌푸렸다. 5년이나 10년이라면 모를까 100년이라니. 이렇게 되면 자신의 증손자가 왕위에 오르고서야 끝이 날 것이다. 그때가 되면 자연스럽게 하르페 왕국이 상국이란 인식을 가지게 될 것이다.

"기간을 좀……."

다르안 국왕이 어렵사리 말을 꺼냈다. 그러자 단리명이 피식 웃으며 말했다.

"싫으면 말하라. 너 말고도 국왕이 되겠다는 자들은 많을 테니까."

"……!"

단리명의 한마디에 다르안 국왕은 다급히 국왕의 인장을 찍었다. 실로 굴욕적인 순간이었지만 일단은 국왕의 자리를 지키는 게 우선이었다.

"다른 나라들은 어찌 됐습니까?"

협정서를 내밀며 다르안 국왕이 조심스럽게 물었다.

"너처럼 전부 국왕의 인장을 찍게 될 것이다."

단리명이 싸늘하게 대꾸했다.

'나처럼 국왕의 인장을 찍게 될 거라니? 설마 다른 나라들과의 전쟁에서도 승리한 것인가?'

다르안 국왕은 단리명의 말을 쉽사리 믿기 어려웠다. 모든 전력을 다해 자신들을 공격한 것으로 여긴 것이다.

하지만 한 달 쯤 지나자 주변국들의 소식이 하나둘씩 들어왔다.

아이로크 왕국의 미노르 국왕이 리먼 대공에게 굴복했다. 그리고 모이란츠 왕국의 질로트 국왕도 리먼 대공에게 무릎을 꿇었다.

인접했던 두 나라의 소식에 이어 며칠 뒤 자이렌 왕국과 후텐 왕국의 소식도 전해졌다. 단리명의 말처럼 네 나라 모두 자신과 같이 굴욕적인 협정서에 국왕의 인장을 찍은 것으로 확인되었다.

게다가 각국 국왕을 겁박한 당사자가 리먼 대공이라고 했다. 대군을 이끌고 헤몬을 무너뜨린 그가 단숨에 주변국들로부터 항복을 받아 낸 것이다.

다른 나라에서 소식이 전해지는 시간을 감안한다면 거의 하루 이틀 차이로 협상을 끝낸 게 틀림 없었다. 하지만 그것은 인간으로서 불가능한 일이었다.

'어떻게 그런 일이 있을 수 있지? 텔레포트 마법이라도 익혔단 말인가?'

의아한 마음에 다르안 국왕이 조심스럽게 조사에 착수했다. 그리고 놀라운 사실을 알게 되었다. 하르페 왕국의 왕실 마법사가 8레벨을 마스터했으며 운 좋게 텔레포트 마법을 복원했다는 것이다.

꿀꺽.

이 사실을 접한 다르안 국왕은 마른침을 삼켰다. 만에 하나 자신이 허튼 마음을 먹는 순간 리먼 대공과 왕실 마법사가 찾아올 걸 생각하니 밤에 잠도 오지 않았다.

"제길, 이렇게 된 것 다른 나라들보다 더 잘하는 수밖에 없다."

다르안 국왕은 생각을 바꿨다. 하르페 왕국이 리먼 대공과 텔레포트 마법이라는 확실한 힘을 보유한 이상은 다른 마음을 먹을 여유가 없었다.

4

전쟁이 끝난 지 세 달 뒤 초여름. 레베카의 여왕 즉위식이 성대하게 치러졌다.

이 자리에는 전쟁을 일으켰던 다섯 나라의 사신들이 참석해 자리를 빛내 주었다.

신성 제국에서도 에가엘로스 대신관을 보내 진심 어린 축하를 건넸다.

신성 제국과 주변국들 사이에 잠시 실랑이가 오고 갔지만 즉위식은 별 탈 없이 무사히 치러졌다.

"모두들 고마워요. 실망시키지 않을게요."

신성 제국과 다섯 왕국의 인정을 받으며 레베카는 당당히 여왕의 자리에 올랐다.

유난히도 하늘이 맑던 날, 잠시 끊어졌던 하르페 왕조가 다시 시작되었다.

단리명의 결혼식

1

　레베카가 여왕의 자리에 오른 후 반년 동안 하르페 왕국
은 정신이 없었다.

　신성 제국의 도발과 주변국들의 침략으로 인해 여왕 즉위
가 연기되고 덕분에 반년 가까이 국정이 멈춰 버린 대가를
혹독하게 치른 것이다.

　"히잉. 너무 힘들어요."

　레베카는 정무가 끝날 때마다 단리명에게 안겨 칭얼거렸
다. 그럴 때마다 단리명은 흐뭇하게 웃으며 레베카의 지친
몸을 추궁과혈해 주었다.

　"역시 가가의 손이 제일 시원해요."

　레베카도 단리명의 손길을 마다하지 않았다.

　전쟁 이후 단리명과 레베카는 오붓한 시간을 보냈다. 비

록 정식으로 결혼을 하지는 않았지만 둘은 오래 전부터 부부나 마찬가지였다.

하지만 왕실의 입장은 달랐다. 백성들의 보는 눈이 있는데 결혼하기로 한 두 남녀를 언제까지 따로 지내게 할 수는 없는 노릇이었다.

"조금 늦긴 했지만 여왕 폐하의 결혼식을 준비해야 하지 않겠습니까?"

"제 생각도 같습니다. 이제 나라도 어느 정도 안정되었으니 서둘러야지요."

귀족들은 한 목소리로 레베카의 결혼을 추진하기로 다짐했다. 나라의 안정을 위해서라도 레베카가 일찍 후손을 생산해 줘야 하는 상황이었다.

이같은 소식을 들은 레베카는 기쁨을 감추지 못했다. 그렇지 않아도 오랫동안 사모했던 단리명과 결혼하고 싶은 마음이 간절하던 차였다.

하지만 한편으로는 레이첼이 마음에 걸렸다. 어쩌면 본래이 자리는 그녀의 것이었는지 모른다.

레이첼은 자신에게 여왕의 자리를 빼앗긴 그녀가 단리명을 마음에 두고 있다는 사실이 마음에 걸렸다. 만일 다른 여인이었다면 감히 그런 마음을 먹지 못하게 단단히 경고했을 테지만 레이첼에게는 그럴 수가 없었다.

'어쩌지……'

고심하고 있는 레베카에게 때마침 드래곤 로드 하이아시스가 찾아왔다.

"하이아시스 님. 보고 싶었어요."

어머니 같은 하이아시스의 등장에 레베카가 기쁨을 감추지 못했다. 하지만 잔인한 소리를 하러 온 그녀는 마음이 편치 않았다.

"레베카야. 내 말 잘 들으렴."

하이아시스는 레베카에게 그린 드래곤 아드레아의 심정을 전해 주었다. 하르페 왕조의 실질적인 어머니로서, 자식이 세운 나라가 계속 유지되길 바라는 그녀가 내심 레이첼의 아이가 나라를 잇길 바라고 있다는 것이다.

물론 이미 자신의 결정을 따르기로 합의한 이상 굳이 아드레아까지 신경 써 줄 필요는 없었다. 하지만 하이아시스는 레베카가 마족의 아이를 낳는 게 걱정스러웠다. 아무리 신탁이 말한 상대라 하더라도 말이다.

또한 중간계에 다시 드래곤의 피가 섞이는 것도 원치 않았다. 과거 에인션트 드래곤들의 비호를 받는 쥬오르 제국을 마지못해 인정했던 것도 하르페 왕국이라는 전례가 있었기 때문이다.

"무슨 말씀이신지 알겠어요."

하이아시스의 잔인한 부탁을 전해 받은 레베카가 이내 고개를 끄덕였다.

솔직히 서운하지 않다면 거짓말일 것이다. 하지만 내심 마음이 편해진 것도 사실이었다.

"하이아시스 님의 말씀대로 할게요."

잠시 고심하던 레베카가 하이아시스의 부탁들 받아들였다.

"고맙구나. 그리고 미안하구나."

하이아시스가 안쓰러운 얼굴로 레베카의 뺨을 쓰다듬었다.

"전 괜찮아요."

레베카가 애써 미소 지었다.

2

레베카는 먼저 레이첼을 찾았다. 그녀에게 단리명의 부인이 되어 아이를 낳아달라는 부탁을 했다.

"그건 안 돼요. 언니가 있잖아요."

레이첼은 한사코 그럴 수 없다고 거절했다. 자신을 동생으로 받아 준 것만으로도 고마운 일인데 단리명의 옆자리까지 차지할 수는 없는 일이었다.

레베카는 자신을 배려하는 레이첼의 마음 씀씀이가 더없이 고마웠다. 그렇다고 하르페 왕국이 이대로 대가 끊기도록 놔둘 수는 없었다.

"레이첼. 내 말 잘 들어. 난 아이를 가질 수 없어."

"······!"

"그러니 레이첼이 날 대신해 가가의 아이를 낳아 줘. 가가의 피를 이은 왕자들이 대대로 하르페 왕국을 다스릴 수 있도록 말이야."

레베카의 고백을 들은 레이첼은 한동안 말을 잇지 못했다. 솔직히 말해 레베카가 아이를 가질 수 없다는 말을 믿을 수가 없었다.

"아닐 거예요. 그럴 리 없어요."

레이첼은 칼리오스 공작을 불러 레베카의 몸상태를 확인하게 했다. 적어도 칼리오스 공작이라면 거짓말을 하지 않을 것이라 여겼다.

만약에 무슨 문제가 있더라도 칼리오스 공작이 치료 방법을 내놓을 것이라는 믿음이 있었다. 하지만 레베카를 진단한 칼리오스 공작의 표정은 어두웠다.

"죄송합니다."

제아무리 엘프의 힘을 물려받은 칼리오스 공작이라 하더라도 드래곤을 감당할 수는 없었다.

"언니. 어떻게 해요."

레이첼은 레베카가 아이를 가질 수 없다는 사실을 진심으로 가슴 아파했다. 열흘이 넘도록 레베카와 함께 머물며 그녀를 위로했다.

레베카는 그런 레이첼의 마음이 더없이 고맙기만 했다. 적어도 그녀라면 안심하고 단리명의 옆자리를 나눠 줄 수 있을 것 같았다.

"언니의 바람이라면 그렇게 할게요."

레이첼은 어렵게 결단을 내렸다.

"고마워. 정말 고마워."

레베카도 레이첼의 결단을 기꺼워했다.

레이첼을 설득한 레베카는 단리명을 찾았다. 그에게 아이를 가질 수 없다는 사실과 함께 레베카를 받아들여 달라는 부탁을 했다.

"그럴 수 없소."

단리명의 반응은 예상대로 완강했다. 다시는 그런 말을 하지 말라며 화를 내기도 했다.

"하 매가 아이를 갖지 못한다 해도 상관없소. 내 생에 여인은 하 매뿐이오."

단리명은 하르페 왕국의 후사가 끊긴다 해도 상관 없다고 했다. 레이첼 역시 하르페 왕국의 왕족인 만큼 적당한 짝을 맺어 준 뒤 그의 아이들로 하르페 왕실을 잇게 하면 된다고 말했다.

하지만 그것은 레베카도, 레이첼도 원하지 않았다.

"레이첼은 가여운 아이에요. 그리고 그 아이는 가가를 마음에 품고 있어요."

"하 매!"

"제발, 절 생각해서라도 그 아이를 받아 주세요. 언니로서 그 아이의 마음을 외면할 수가 없어요."

"하아……."

레베카는 진심을 다해 단리명을 설득했다. 마음의 짐을 벗어 버리기 위해서라도 단리명이 레이첼의 감정을 받아들여 주길 바랐다.

"흐음……."

거듭된 레베카의 요청에 단리명도 마음이 흔들렸다.

사실 레이첼을 받아들이는 것은 크게 어려운 일이 아니었다. 중원에서도 의좋은 자매를 함께 부인으로 맞아들이는 경우가 없지 않았다.

하지만 단리명은 레베카만큼 레이첼을 아끼고 사랑해 줄 자신이 없었다. 그렇다고 레베카의 진심을 끝까지 외면하기도 어려웠다.

고심 끝에 단리명은 레이첼을 찾았다. 그녀에게 자신의 속내을 전했다.

"왕녀. 왕녀가 싫은 건 아니오. 다만 왕녀를 많이 서운하게 할까 봐 걱정이오."

단리명의 말에 레이첼이 괜찮다며 활짝 웃었다.

"전 신경 쓰지 마시고 레베카 언니를 더 많이 사랑해 주세요. 전 그저 대공 전하의 아이를 낳을 수 있는 것만으로도 족하답니다."

레이첼의 진심을 느낀 단리명은 어렵사리 결정을 내렸다. 레베카와 함께 레이첼도 부인으로 맞기로 말이다.

"그것이 정말입니까?"

칼리오스 공작은 기쁨을 감추지 못했다. 내심 마음에 걸렸던 레이첼이 단리명의 부인이 된다는 사실 만으로도 자신의 임무를 다한 기분이었다.

상당한 반대가 예상되었던 하이베크와 로데우스, 쥬피로스, 샤이니아, 베니키스도 군말 없이 단리명의 결정을 받아들였다. 레베카가 원한 일이었다는데 자신들이 반대해 봐야 소용 없는 일이었다.

물론 모든 이들이 레베카의 결정에 찬성한 것은 아니었다.

"그게 무슨 말이냐? 마족 놈을 누구에게 빼앗겨?"

뒤늦게 왕실을 찾은 아마데우스는 말도 안 되는 일이라며 길길이 날뛰었다.

"할아버지. 진정하세요."

레베카가 몇 번이고 말렸지만 소용없었다. 결국 앙숙이나 마찬가지인 하이아시스가 찾아오고 나서야 아마데우스의 분노가 잦아들었다.

"이 영감탱이야! 언제까지 사고만 치고 돌아다닐 거야?"

"내가 뭘? 그러는 넌 레베카한테 이럴 수 있어?"

"이 답답한 영감탱이야! 쥬오르 제국이 어떻게 인정받았는지 벌써 잊었어? 그리고 리먼 대공은 언제고 자신이 사는 세상으로 돌아가야 한다고. 그때 자식을 남겨 놓으면, 레베카 마음이 어떻겠어?"

"제길! 좋으면 그만이지 뭐가 이렇게 복잡해?"

천하에 무서울 게 없는 아마데우스였지만 말로는 결코 하이아시스를 당해내지 못했다.

"흥! 마족 놈! 레베카 눈에서 눈물 한 방울만 빼 봐라! 결코 용서하지 않을 테니!"

괜히 쓸데없이 소란을 피운 늙은이가 되고 만 아마데우스가 단리명에게 화풀이를 했다. 그런 아마데우스를 보며 하이아시스가 피식 비웃음을 날렸다.

"용서하지 않겠다고? 흥, 손녀 사위에게 호되게 당하지나 마라."

하이아시스의 말에 레베카는 물론 다른 드래곤들이 일시

에 웃음을 터트렸다. 아마데우스가 단리명에게 당한다는 상
상만으로도 절로 웃음이 났다.

"이것들이? 내가 질 것 같아?"

졸지에 웃음거리가 된 아마데우스가 다시 분을 이기지 못
하고 씩씩거렸다. 누군가 말려 주지 않으면 당장 단리명을
찾아갈 기세였다.

하지만 지난번 상견례 때 하이아시스는 물론 주요 장로들
을 혼자서 제압했다는 단리명은 아마데우스로서도 부담스러
운 게 사실이었다.

"할아버지. 참으세요."

눈치 빠른 레베카가 베시시 웃으며 아마데우스의 팔을 붙
잡았다.

"험, 험. 네가 참으라면 참아야지."

아마데우스가 그제야 헛기침을 내뱉으며 발을 뺐다.

3

다음 해 봄, 칼리오스 공작의 주재 속에 성대한 결혼식이
열렸다.

"여왕님 좀 봐. 너무 아름다우시지 않아?"

"레이첼 왕녀님도 눈이 부실만큼 예쁜데?"

"대공 전하는 재주도 좋지. 어떻게 저런 미녀들의 마음을
얻었을까?"

"그야 리먼 대공 전하니까 가능한 일이지. 어지간한 사내

들은 어림도 없다고."

백성들은 한목소리로 단리명과 레베카, 레이첼의 결혼을 축하해 주었다. 신성 제국을 비롯한 주변 왕국들도 앞다투어 축하 사신과 함께 거창한 선물을 보냈다.

결혼식 이후 단리명은 레베카, 레이첼과 함께 달콤한 시간을 보냈다.

"오늘은 어떤 분의 궁으로 가실까?"

"임신도 순서가 있는데 여왕님 아니시겠어?"

"어제 여왕님의 궁에 들었으니 오늘은 당연히 왕녀님 차례겠지."

하르페 왕국의 귀족들은 단리명이 두 미녀들 틈바구니에서 고생할 것이라 생각했다. 하지만 레베카의 현명한 대처와 레이첼의 배려에 단리명은 어려움 없이 두 여인을 모두 사랑할 수 있었다.

Chap.
66

어둠의 대지로

1

그해 겨울.

"긴히 할 이야기가 있소."

단리명은 레베카와 레이첼, 그리고 주요 귀족들을 불러놓고 중대한 발표를 했다.

개인적인 사정으로 인해 잠시 자리를 비워야 한다는 사실을 밝힌 것이다.

"이제 막 나라가 안정되어 가는 시기인데 갑자기 자리를 비우시다니요."

"다시 생각해 주십시오. 하르페 왕국에는 대공 전하가 필요합니다."

적지 않은 귀족들이 우려의 목소리를 냈다. 주변국들이 언제 어떻게 도발해 올지 모르는 상황에서 단리명이 자리를 비운다는 건 생각할 수도 없었다.

하지만 단리명도 언제까지 시간을 허비할 수는 없었다. 하르페 왕국의 미래를 위해서라도 악들이 깨어나는 것을 막아야 했다.

"난 오래 전에 결심을 굳혔소. 그러니 더 이상은 반대하지 마시오."

단리명이 단호한 목소리로 귀족들의 만류를 뿌리쳤다. 매정하게 들릴 수는 있겠지만 하르페 왕국을 위해서라도 지나치게 자신에게 의존하는 건 줄여야 했다.

"전하. 꼭 무사히 돌아오실 거지요?"

얼마 전 아이를 가진 레이첼이 걱정스런 목소리로 말했다. 그녀는 단리명이 먼 길을 떠나는 것 보다 다시 돌아오지 못할까 봐 불안했다.

"걱정 마. 레이첼. 가가는 꼭 돌아오실 거야."

레베카가 레이첼의 손을 꼭 잡아 주었다. 그녀 역시 단리명이 걱정스러운 건 아니지만 아마데우스가 함께 따라가 주기로 한 이상 어느 정도 안심할 수 있었다.

아마데우스뿐만이 아니다.

"저도 대공 전하를 돕겠습니다."

"저도 마찬가지입니다."

"절 빼놓으시면 섭섭합니다."

"절 두고 가진 않으시겠죠?"

하이베크를 필두로 로데우스와 쥬피로스, 샤이니아까지 단리명을 따라가겠다고 했다.

"그럴 필요 없다."

단리명이 부담스러운 듯 고개를 흔들었다.

하지만 단리명이 해결하려는 일은 단리명 만의 일이 아니었다.

"대공 전하. 아니, 대형. 꼭 돕게 해 주십시오."

"대형의 일이 곧 저희들의 일이 아닙니까?"

하이베크와 로데우스가 간절한 목소리로 청했다. 쥬피로스와 샤이니아도 떼 놓고 가면 쫓아오겠다는 듯 단리명을 뜨겁게 바라보았다.

"후우……."

단리명이 마지못해 드래곤들의 청을 받아들였다. 다른 이들이라면 모르겠지만 이들은 제 한몸은 건사할 힘을 가지고 있으니 큰 무리가 없다고 여겼다.

"내가 돌아올 때까지 하 매를 부탁한다."

단리명이 칼리오스 공작을 바라보며 말했다.

"걱정 마십시오. 대공 전하."

새로 재상의 자리에 오른 칼리오스 공작이 믿음직스럽게 고개를 끄덕였다.

"메르시오 공작. 적들이 결코 하르페 왕국을 넘지 못하게 하라."

단리명의 시선이 새로 공작의 자리에 오른 메르시오 공작에게 향했다.

"맡겨만 주십시오. 전하."

메르시오 공작이 가슴을 두드리며 답했다.

"스탈란 후작."

마지막으로 단리명이 후작으로 승작한 스탈란 후작을 바라봤다. 자신이 없는 만큼 스탈란 후작의 역할이 무척이나 중요해졌다.

"하르페 왕국에 피해가 가는 일이 없도록 매사에 최선을 다하겠습니다."

스탈란 후작은 단리명이 원하는 대답을 해 주었다.

조급하게 판단하지 않겠다. 자신의 머리만 믿지 않겠다.

그런 스탈란 후작의 진심이 단리명의 무거운 마음을 한결 가볍게 만들어 주었다.

2

샤이니아의 텔레포트 마법을 통해 단숨해 남부 대륙 북쪽으로 이동한 단리명 일행은 조심스럽게 쥬오르 제국의 영역으로 들어갔다.

"제길. 여긴 왜 이렇게 쌀쌀해?"

쥬오르 제국의 시린 날씨에 아마데우스가 이맛살을 찌푸렸다.

단리명이 없다면 마음껏 마법을 부려 추위를 피했겠지만 인간 마법사로 분한 탓에 그럴 수도 없었다.

"아마데우스 님. 불평 좀 그만하세요."

보다 못한 샤이니아가 눈총을 줬다.

드래곤 체면이 있지 춥다고 호들갑이라니. 이 모습을 레베카가 보지 못한 게 한스러울 정도였다.

그러나 아마데우스는 체면 따위는 잊은 지 오래였다.

"시끄럽고, 탐지 마법으로 뜨뜻하게 몸을 녹일 수 있는 여관이나 찾아봐."

그저 한시라도 빨리 여관에 들어가 쉬고 싶은 마음이 간절했다.

하지만 애석하게도 단리명이 세운 계획 속에는 여관에서 편히 쉬는 건 포함되지 않았다.

"무슨 뚱딴지같은 말씀을 하세요?"

"뚱딴지같다니?"

"대공 전하께서 일정을 말씀하실 때 다른 생각하셨죠?"

"응? 그, 그야……."

샤이니아의 날카로운 지적에 아마데우스가 괜히 딴청을 부렸다.

솔직히 별 시답지도 않은 일로 회의를 한다는 게 우스워 아예 듣지 않았던 게 사실이었다.

"어, 어쨌든 왜 여관을 안 들르겠다는 거야? 설마 돈이 없는 거야? 그래? 내가 좀 빌려 줘?"

"에휴. 그런 문제가 아니잖아요."

"그럼 뭣 때문에 여관을 안 가겠다는 거야? 다리 아파 죽겠구만."

아마데우스가 무릎을 주무르며 구시렁거렸다. 노인으로 분했더니 정말 노인이라도 된 모양이었다.

그 모습에 샤이니아가 고개를 흔들어 댔다. 정말이지 아마데우스는 어쩔 도리가 없었다.

"자, 이것 보세요."

"이게 뭐냐?"

"지도지 뭐예요. 거기 여정로가 표시되어 있으니 한 번 확인해 보시라구요."

"흐음."

아마데우스가 귀찮다는 듯 지도를 받았다. 그리고는 붉게 칠해진 선을 따라 고개를 움직였다.

우습게도 선은 산맥을 따라 쭉 연결되어 있었다. 다시 말해 산맥을 따라 계속 걷겠다는 의미이기도 했다.

"장난하는 거지?"

아마데우스가 눈을 흘겼다.

"장난 아니거든요?"

샤이니아가 이맛살을 찌푸렸다.

"이런 여정을 짠 게 누구야? 너야? 아니면 저 멍청한 로데우스?"

"후우……. 대공 전하시거든요?"

"리면 대공이? 아니 왜? 어째서 이런 말도 안 되는 계획을 짠 거야? 응?"

아마데우스가 말도 안 된다며 툴툴거렸다. 과거 쥬오르 제국의 에인션트 드래곤들과 한바탕 격돌했을 때도 제대로 살피지 못한 북부 대륙이다. 그래서 이번 기회에 여행 삼아 천천히 살펴보려 했는데… 초장부터 꼬여 버렸다.

"이 멍청한 놈들! 이런 말도 안 되는 계획을 세우는데 뭘

하고 있었어?"

아마데우스가 괜히 샤이니아를 바라보며 성을 냈다. 그러자 샤이니아가 참다 못해 빽 하고 소리쳤다.

"귀찮게 질질 끌지 말고 빨리빨리 끝내자고 말한 건 아마데우스 님이셨거든요?"

"뭐? 내가?"

"기억 안 나시면 다른 애들한테 물어보세요. 그리고 제발 그만 좀 툴툴거리세요."

샤이니아가 팩 하고 고개를 돌렸다.

"쳇."

아마데우스가 불만스럽게 입술을 삐죽거렸다.

3

"아이고. 다리 아파 죽겠네. 대체 언제까지 걸을 생각이야? 식사는 안 할 거야?"

아마데우스의 불평 불만은 여정 내내 계속되었다.

만일 다른 이가 아마데우스와 같은 행동을 했다면 가장 먼저 단리명의 눈총을 사야 했을 것이다.

하지만 레베카의 간절한 부탁이 있어서일까. 단리명은 아마데우스를 무척이나 살갑게 대해 주었다.

할아버지는 평생 저밖에 모르고 사셨어요. 그래서 가가께 짓궂게 구실지도 몰라요. 그래도 마음은 착하신 분이니까 너무 야박하게 대하지 말아 주세요. 네?

　레베카의 간절한 청을 외면할 만큼 단리명은 모질지 못했다.

　비록 아마데우스의 행동들이 마음에 드는 것은 아니지만 웃어른으로서 이해하려 애썼다.

　그러나 이 같은 단리명의 배려에도 아마데우스의 행동은 좀처럼 나아질 기미가 보이지 않았다.

　"대형. 참으십시오."

　"아마데우스 님께서 일부러 저러시는 겁니다."

　하이베크와 로데우스는 틈날 때마다 단리명을 찾아가 달랬다. 단리명이 아마데우스에게 불만을 품지 않도록 최선의 노력을 다했다.

　"후우……."

　단리명도 레베카의 얼굴을 생각하며 울컥하는 심정을 참고 또 참았다. 대신 조금씩 행군 속도를 높였다.

　"이 녀석아! 다리 아프대도!"

　아마데우스가 기다렸다는 듯이 투덜거렸지만 단리명은 크게 신경쓰지 않았다. 말은 저렇게 하면서도 누구보다 열심히 따라오고 있다는 사실을 안 것이다.

　"제길. 마족 놈들이 저렇지 뭐."

　투덜거림이 먹히지 않자 아마데우스가 다시 입술을 삐죽거렸다.

　어떻게 해서든 단리명을 골탕 먹여야 속이 시원하겠는데

뜻대로 되질 않았다.

"그렇게 불만이 많으시면 대공 전하와 대결해 보지 그러십니까?"

보다 못한 쥬피로스가 툭 하고 끼어들었다.

"이놈아! 내가 나이 오천 먹은 어린애냐? 별것도 아닌 일로 싸우고 다니게?"

아마데우스가 빽 하고 역정을 냈다. 그러자 쥬피로스가 눈가를 찌푸렸다.

"그럼 좀 조용히 좀 가 주십시오. 쥬오르 제국에 들어선 이후부터 지금까지 며칠째입니까?"

"이놈아, 내 몸 가지고 내가 구시렁댄다는데 네놈이 무슨 상관이야?"

"끄응……."

"그렇게 듣기 싫으면 네놈이 나를 좀 업던가."

아마데우스가 쥬피로스를 바라보며 뻔뻔스런 부탁을 했다. 만일 쥬피로스가 거절하면 그 틈을 이용해 단리명에게 청할 생각이었다.

그런 아마데우스의 속내를 쥬피로스가 모르지 않았다.

"좋습니다. 업히십시오."

"뭐?"

"업히시라구요."

단리명에 대한 충성심으로 무장한 쥬피로스가 아마데우스에게 등을 보였다.

"쳇. 이게 아닌데……."

졸지에 아마데우스는 나이 어린 일족의 봉양을 받게 됐다.

"자, 이제 제가 업어드렸으니 약속대로 불평은 그만하시는 겁니다. 예?"

아마데우스를 등에 업으며 쥬피로스가 단단히 약속을 받아 냈다.

"알았다. 이놈아."

아마데우스가 마지못해 입을 다물었다.

4

아마데우스가 조용해지면서 행군 속도는 배로 빨라졌다.

쥬오르 제국에 들어선 지 한 달이 지날 무렵, 단리명 일행은 천기자가 자취를 감추었다는 호라난 산에 도착할 수 있었다.

재밌게도 그곳은 과거 에인션트 드래곤들을 강제로 봉인시켰던 곳이기도 했다.

"여기서부터는 각별히 조심하셔야 합니다."

호라난 산에 들어가기 직전 하이베크가 단리명에게 단단히 주의를 주었다.

감시가 삼엄한 쥬오르 제국에게 들키지 않기 위해 마법을 자제해 가며 여기까지 왔지만 이제부터가 시작이었다. 호라난 산에 어떤 일들이 기다리고 있는지는 드래곤인 그조차 가늠하기 어려웠다.

"가자!"

크게 숨을 들이켠 단리명이 이내 몸을 움직였다. 그를 따라 드래곤들이 호라난 산으로 발을 들였다.

Chap.
67

호라난 산

1

겉으로 보기에 호라난 산은 평범해 보였다. 인적이 드문, 외진 곳에서 흔히 볼 수 있는 산이었다.

하지만 실상 호라난 산은 보이지 않는 수많은 마법들로 보호를 받고 있었다.

보호 마법은 하나가 아니었다. 여러 개의 마법이 이중, 삼중으로 설치되어 있었다.

또 보호 마법들 사이사이마다 알림 마법이 끼어 있었다. 조금만 방심했다간 호라난 산을 지키는 마법사들에게 침입 사실이 전해질 수 있었다.

만일 인간 마법사들이었다면 수십 명이 달라붙어야 했을 일이다. 하지만 단리명 일행에는 마법의 조종으로 불리는 드래곤들이 있었다.

"캔슬."

샤이니아의 스승이라는 이유로 앞장서게 된 아마데우스가 불만스럽게 투덜거렸다.

파앗!

순간 보호 마법 하나가 작동을 멈췄다. 보호 마법에 딸린 알림 마법까지 같이 작동을 멈췄다.

"클리어!"

뒤따라오던 샤이니아가 피식 웃으며 마나를 일으켰다. 그녀의 마나는 보호 마법과 알림 마법 자체를 완전히 소멸시켜 버렸다.

"사제지간이라 그런지 호흡이 잘 맞는군."

아마데우스와 샤이니아의 모습을 지켜보던 단리명이 슬쩍 입가를 비틀었다.

그들의 모습은 마치 함께 진법을 파훼해 가는 스승과 제자를 보는 것 같았다. 천마신교에서도 의좋기로 유명한 괴노와 그의 제자 괴산자가 연상될 정도였다.

하지만 하이베크를 비롯한 다른 드래곤들의 눈에 비친 아마데우스와 샤이니아의 모습은 단리명을 속이기 위한 한편의 연극에 불과했다.

"그, 그럼요. 호흡이 잘 맞지요."

하이베크가 어색하게 웃었다.

"샤이니아가 아마데우스 님께 제대로 배웠거든요."

눈치 빠른 로데우스가 냉큼 맞장구를 쳤다.

하지만 정작 아마데우스와 샤이니아는 단리명의 생각처럼

사이가 좋지 않았다.

"제길. 이걸 왜 일일이 해야 하는 거야?"

몇 걸음 가지 못하고 또 다른 보호 마법과 마주친 아마데우스가 와락 이맛살을 찌푸렸다.

지금이라도 마음만 먹으면 범위 해제 마법을 펼쳐낼 수 있었다. 고작 마족 하나 속이자고 이런 번거로운 짓을 해야 한다는 걸 이해할 수 없었다.

그러자 샤이니아가 뒤따라오며 종알거렸다.

"본체로 돌아가지 않고 호라난 산에 있는 마법 전부를 해제할 자신 있으세요?"

"못할 게 뭐냐?"

"정말이죠? 만일 단 한 개라도 놓치면 곧바로 우리의 존재를 알아챌 거라고요."

"흥! 내가 못할 것 같으냐?"

"그렇게 자신 있으면 하세요. 저도 아마데우스 님 뒤치다꺼리하기 귀찮으니까요."

"이익!"

샤이니아의 도발에 아마데우스가 발끈했다. 정말 여차하면 본체로 돌아갈 기세였다.

하지만 아마데우스는 결국 현실에 승복하고 말았다. 레베카를 인간으로 생각하고 있다는 멍청한 마족을 속이는데 계속 동참하기로 한 것이다.

물론 본체로 돌아간다 하더라도 호라난 산 전역에 퍼진 마법을 단숨에 해제할 수 있을지는 확신할 수 없었다. 호라난 산의 보호 마법을 인간들만 설치한 게 아니었다. 에인션트 드래곤들의 마법도 섞여 있었다.

괜히 잘못해서 일부 마법을 해제하지 못하면 더 큰 일이 생길 수 있었다. 마나의 반발로 호라난 산이 무너질 수도 있고, 호라난 산을 지키는 자들이 달려올 수도 있었다.

만에 하나 그렇게 될 경우 일족 최고룡으로서의 자존심은 산산이 부서지고 말 것이다. 말 많은 하이아시스는 물론 레베카 앞에서 고개를 들지 못할 것이다.

"내가 레베카 때문에 참는다."

아마데우스가 속으로 씩씩거렸다.

"네네. 기왕 참으신 거 앞으로도 계속 참아 주시면 고마울 것 같네요."

샤이니아가 들릴 듯 말 듯한 목소리로 비웃었다.

2

아마데우스와 샤이니아의 덕분에 단리명 일행은 큰 어려움 없이 호라난 산에 오를 수 있었다.

"뭐야? 별것 아니잖아?"

생각보다 일이 쉬워지자 로데우스가 긴장을 풀었다.

"그러게. 경계가 소홀해졌나?"

하이베크도 고개를 갸웃거렸다.

드래곤들에게 전해지는 전설에 따르면 호라난 산의 경계는 상당했다고 한다. 호라난 산에 머물고 있는 에인션트 드래곤들을 제거하기 위해 나섰던 일족의 고룡 대부분이 호라 난 산 전투에서 마나의 품으로 돌아가야 했을 정도다.

그토록 중요한 호라난 산이기에 드래곤들은 잠입이 쉽지 않을 것이라 여겼다.

하지만 무슨 이유 때문인지는 몰라도 호라난 산의 경계는 허술해 보였다. 고작 마법 몇 개로 드래곤 다섯이 포함된 단리명 일행을 막기란 불가능한 일이었다.

그러나 쥬오르 제국도 바보는 아니었다. 제국의 성지나 마찬가지인 호라난 산을 고작 이 정도 마법만으로 보호하려 하지는 않았다.

잠입이 쉬워 보였던 것은 호라난 산 중턱까지였다. 다시 말해 진짜 호라난 산은 중턱부터였다.

"조심해!"

선두에 서서 오르던 아마데우스가 정체 모를 음습함을 느 끼며 경고했다.

그 순간,

"크아아아!"

"끼아아아!"

땅 속에서 서른 구의 해골 전사들이 솟아났다.

"뭐야, 이건."

뒤따라오던 샤이니아가 다급히 마나를 일으켰다.

후아아앗!

샤이니아의 마나가 날카로운 바람으로 변해 그대로 해골 전사들을 후려쳤다.

비록 고위 레벨의 마법은 아니라 하더라도 드래곤이 구현해 낸 이상 어지간한 해골 병사쯤은 단숨에 부숴 버릴 힘이 담겨 있었다.

하지만 마법을 얻어맞은 해골 병사들은 비틀거리기만 할 뿐 꿈쩍도 하지 않았다. 놀랍게도 샤이니아의 마법을 이겨 낸 것이다.

"이, 이게……!"

샤이니아가 당혹스런 눈으로 아마데우스를 바라봤다.

"이런 멍청한! 용아병에게 마법이 통하다니!"

아마데우스가 버럭, 하고 호통을 내뱉었다.

용아병이라는 말에 다른 드래곤들의 표정도 굳어졌다.

"용아병이라니?"

"그건 일족 회의에서 금지된 거잖아?"

용아병이란 말 그대로 드래곤의 뼈를 이용해 만들어진 해골 전사다.

드래곤의 뼈는 그 자체만으로도 오러 블레이드를 막아 낼 수 있는 단단함과 8레벨 이하의 마법은 무시하는 마법 방어력을 가지고 있다.

그래서 드래곤 사회 초창기 때는 자신의 뼈 중 일부를 뽑아 레어의 가디언으로 삼는 드래곤들이 없지 않았다. 하지만 그 뼈들이 인간들의 손에 넘어갈 수도 있다는 위험성이 제기되면서 용아병을 만드는 건 금지되었다.

그러나 애석하게도 일족에서 추방된 에인션트 드래곤들은 드래곤 사회에 포함되지 않았다.

그들은 과거 호라난 산을 공격했다가 죽은 드래곤들의 뼈를 이용해 용아병을 만들었다. 무려 서른 구의 드래곤 사체를 이용해 서른 구의 용아병을 만든 것이다.

드래곤의 뼈로 만들 수 있는 용아병은 개체당 하나뿐이다. 두 개 이상의 용아병을 만들 경우 서로 인식하고 반발해 통제가 불가능해진다.

다시 말해 지금 눈 앞에 있는 용아병들은 전사한 것으로 알려진 일족의 고룡들의 뼈로 만든 것이다. 그 점을 감안했을 때 하이 오러 블레이드나 9레벨의 마법을 사용한다 해도 없앨 수 있을지 장담하기 어려웠다.

"어쩐지 쉽다 했어."

용아병을 바라보며 하이베크가 이맛살을 찌푸렸다.

"용아병이라니… 제길!"

로데우스도 어쩌지 못하고 발을 굴렀다.

지금 상황에서 서른 구의 용아병을 상대할 수 있는 방법은 하나뿐이다. 단리명을 제외한 모든 드래곤들이 본체로 돌아가 브레스를 퍼붓는 것이다.

용아병의 마법 방어력이 뛰어나다 하더라도 끊임없이 쏟아내는 브레스를 맞으면 타격을 입을 수밖에 없다. 반고룡이 뿜어낸 브레스라면 9레벨 마법의 위력을 충분히 상회하고 남을 정도였다.

하지만 그랬다간 모든 게 다 틀어지고 말 것이다.

개인적인 관계를 떠나 드래곤들은 일족의 미래를 위해 단리명을 이용하고 있다. 자신들이 할 수 없는 악의 소멸을 단리명에게 맡긴 것이다.

만일 이 모든 일들의 원인이 드래곤들에게 있다는 사실을 안다면 단리명은 결코 이 일에 나서지 않았을 것이다. 자신이 속고 있다는 사실을 안다면 먼저 드래곤에게 검을 뽑아 들지도 몰랐다.

그래서 드래곤들은 차마 본체로 돌아갈 생각도 하지 못했다. 그렇다면 남는 방법은 폴리모프 한 채로 용아병들을 상대하는 것인데… 그러기엔 수가 너무 많았다. 용아병을 확실히 제압할 방법도 없었다.

"어떻게 하죠?"

샤이니아가 걱정스런 얼굴로 물었다.

"끄응. 징징거리지 말고 기다려 봐. 방법을 찾고 있으니까."

마나를 일으켜 용아병의 접근을 막으며 아마데우스가 잔뜩 이맛살을 찌푸렸다.

그때였다.

"비켜 보십시오. 제가 한 번 해 보겠습니다."

뒤쪽에 물러나 있던 단리명이 갑자기 앞으로 나섰다.

"네가? 무슨 수로?"

아마데우스가 어이가 없다는 얼굴로 단리명을 바라봤다. 단리명이 대단한 마족이라는 사실은 알고 있지만 용아병은 그리 만만한 존재가 아니다. 마계로 치면 데스 나이트와 비견될 만큼 골치 아픈 녀석들이었다.

물론 단리명도 용아병이 만만치 않다는 사실은 알고 있었다. 그럼에도 앞으로 나섰다는 건 용아병을 상대할 만한 수가 있다는 뜻이었다.

"좋다. 어디 네 맘대로 해 봐라."

단리명이 고집을 피우자 아마데우스가 짜증스럽게 뒤로 물러났다.

"키아아아!"

"끄아아아!"

용아병들이 단리명을 향해 날카롭게 울부짖었다. 조금만 더 가까이 들어오면 공격하겠다는 듯 단단히 위협했다.

'역시.'

그런 용아병들을 바라보며 단리명이 입가를 비틀었다.

용아병을 처음 본 순간부터 강시와 비슷한 게 아닐까 하는 생각을 했었다. 부패된 신체까지 이용해 조종하는 중원의 강시술과는 달리 서양에서는 단단한 뼈만 이용하는 것뿐이라고 이해했다.

천마신교의 소교주로서 단리명은 강시를 다루는 법을 잘 알고 있었다. 사체를 이용한다는 게 껄끄러워 크게 관심을 두지 않았을 뿐이지 실제 강시를 만드는 과정 하나 하나를 전부 살펴보기도 했다.

"제 제자 놈들이 소교주 님 반의 반만 이해를 해도 참 행복할 텐데요."

강시당의 당주인 시마는 단리명을 볼 때마다 입에 침이 마르도록 칭찬했다. 어떻게든 단리명이 강시술에 관심을 보이도록 갖은 노력을 다했다.

그러나 애석하게도 단리명은 남을 조종하는 것보다는 직접 싸우는 편이 성격에 맞았다. 그래서 시마의 바람을 애써 외면해 버렸다.

"그래도 혹시 모르니 강시에 대해 공부를 해 두십시오. 중원은 어떤 일이 일어날지 모르니까요?"

시마는 마지막까지 단리명을 포기하지 않았다. 단리명에게 강시술과 관련된 수많은 지식들을 전해 주었다.

그중에 하나가 바로 천마제혼술이다. 타인의 의지로 움직이는 강시를 더 강한 의지로 제압해 무용지물로 만드는 상승의 무공이었다.

—이놈들! 정신 차려라! 내가 바로 너희들의 주인이다!

단리명이 공력을 높여 용아병들을 압박했다. 낮은 공력으로 건드렸다가 탈이 날 것 같아 아예 시작부터 10성 공력을 동원했다.

"끽! 끼익!"

"끄윽! 크으윽!"

처음에는 강하게 반발하던 용아병들이 점점 앓는 소리를 내기 시작했다. 중원에서도 가장 뛰어난 천마제혼술에 통제력이 흔들린 것이다.

만일 이대로 용아병들을 더 압박한다면 용아병들을 무용지물로 만들 수 있었다.

하지만 단리명은 생각을 바꿨다. 아마데우스와 샤이니아

의 마법도 통하지 않는 이들이 욕심 난 것이다.

　—날 똑바로 봐라! 내가 바로 너희들의 진짜 주인이다.
그러니 이제부터 내 말을 따라라!

　천마제혼술에 이어 단리명이 천마제령술을 펼쳤다. 천마
제혼술이 용아병의 통제를 깨트리는 것이라면 천마제령술은
그런 용아병에게 새로운 구속을 가하는 것이었다.
　"끼익. 끼익."
　"끄윽. 끄윽."
　천마제혼술로 정신력이 약해진 용아병들은 천마제령술을
거부하지 않았다. 이대로 땅 속에 묻히는 것은 싫었던 듯
적극적으로 단리명을 받아들였다.
　"이제 됐습니다."
　단리명이 나직이 한숨을 내쉬었다. 연달아 천마신교에서
도 손꼽히는 최상급의 무공을 펼쳐낸 게 부담스럽긴 했지만
영물 덕분에 몸속의 내력은 여전히 충만한 상태였다.
　"너… 대체 무슨 짓을 한 거냐?"
　단리명 앞에서 얌전해진 용아병들을 바라보며 아마데우스
가 혀를 내둘렀다.
　솔직히 자존심 때문에 말은 하지 않았지만 가능하다면 단
리명의 재주를 배우고 싶었다. 그 방법만 안다면 마음에 드
는 다른 드래곤들의 가디언들을 자신의 것으로 빼앗는 것도
가능해 보였다.

그것은 다른 드래곤들도 마찬가지였다.

"대공 전하. 어떻게 하신 거예요?"

샤이니아가 대놓고 물었다.

"대형. 저도 궁금합니다."

"저도요."

하이베크와 로데우스가 냉큼 끼어들었다.

"천마제혼술과 천마제령술을 연달아 펼친 것뿐이다."

단리명은 간략하게 방법을 설명했다. 천마신교에서도 소수만이 아는 무공인 만큼 그 실질적인 내용까지는 쉽게 발설할 수가 없었다.

만일 드래곤들이 무림인이었다면 그 말만 듣고도 어느 정도 상황을 유추했을 것이다. 하지만 한자를 모르는 드래곤들은 여전히 모르겠다는 표정이었다.

"그게 그러니까……."

나직이 한숨을 내쉬며 단리명이 좀 더 쉽게 설명하려 했다. 아마데우스를 포함한 모든 드래곤들의 이목이 단리명의 입술에 집중되었다.

그때였다.

"쳇! 누군가 오나 봅니다."

뒤를 돌아보던 쥬피로스가 이맛살을 찌푸렸다.

저 멀리서 쥬오르 제국의 기사들과 마법사들이 우르르 몰려오고 있었다.

Chap. 68

천기자의 흔적

1

"어떻게 하죠?"

뒤를 돌아보며 샤이니아가 아마데우스를 바라봤다. 이렇게 빨리 들킬 줄은 몰랐던 듯 그녀의 얼굴이 당황스러움으로 굳어 있었다.

그러자 아마데우스가 당연하다는 듯이 말했다.

"어떻게 하긴 뭘 어떻게 해. 싸워야지."

기왕지사 들킨 것 귀찮게 굴지 못하도록 확실히 상대할 필요가 있었다.

깨어나려는 악을 잠재우기 위해서는 호라난 산의 정상까지 올라야 했다.

물론 그 과정에서 수많은 방해꾼들이 나타날 것이다. 그들을 피해 도망치듯 정상에 올라 봐야 적만 부풀릴 뿐이었다. 그보다는 적들을 보일 때마다 박살 내는 편이 나았다.

그런 아마데우스의 생각에 단리명도 전적으로 동감했다. 단, 굳이 자신들이 싸울 필요는 없었다.

"이곳은 저 녀석들에게 맡기지요."

단리명이 용아병을 가리키며 말했다.

"뭐? 저 녀석들을 조종할 수 있단 말이냐?"

아마데우스가 놀란 눈으로 되물었다.

"조금 전에 말씀드렸지 않습니까. 천마제혼술로 제압하고 천마제령공을 심어 넣었다고요."

단리명이 당연하다는 듯 고개를 끄덕였다.

"아, 아. 그 처르마인지 뭔지는 나중에 듣고 일단 저 녀석들부터 막도록 해라."

아마데우스가 골치 아프다는 듯 손사래를 쳤다.

─저들을 막아라!

살짝 이맛살을 찌푸리던 단리명이 용아병들에게 명령을 내렸다.

"끼이이이!"

"끄아아아!"

새로운 적들을 확인한 용아병들이 음산한 소리를 내며 울부짖었다. 그런 줄도 모르고 호라난 산의 제1경비대에 소속된 기사 100명과 마법사 20명이 빠르게 다가오고 있었다.

"아마 저 녀석들도 용아병은 어쩌지 못할 테니 신경 쓰지 말고 올라가는 게 어떻겠느냐?"

아마데우스가 단리명의 의견을 구했다.

"그렇게 하십시오."

단리명이 흔쾌히 고개를 끄덕였다.

2

"뭐야?"

"분명 침입자가 있을 텐데?"

뒤늦게 호라난 산 중턱까지 올라 온 제1경비대의 기사들과 마법사들은 당혹감을 감추지 못했다.

용아병들이 전부 모습을 드러냈다는 것은 침입자가 있었다는 이야기다.

하나둘도 아니고 서른 구 모두가 나타났다는 것은 침입자가 한둘이 아니란 뜻이었다.

그런데 주변 어디에도 침입자의 모습은 보이질 않았다.

"벌써 다 처리했나?"

기사 중 하나가 말했다. 그러자 옆에 있던 마법사가 이맛살을 찌푸렸다.

"처리했으면 흔적이 남아야지! 용아병들이 무슨 시체를 뜯어먹는 마수인 줄 알아?"

제아무리 용아병이라 해도 시체들까지 처리하지는 못한다.

만일 용아병에 의해 침입자들이 제거되었다면 시체는 남아 있어야 옳았다.

"도망친 건가?"

다른 마법사가 주변을 살펴보았다.

"도망칠 곳이 어디 있어?"

이번에는 기사 하나가 말도 안 된다며 고개를 흔들었다.

호라난 산 중턱까지 오는 길은 하나다. 주변으로 몸을 숨겼다고 해도 용아병들을 피해 도망칠 수는 없었다.

"설마 이미 지나간 건 아니겠지?"

기사 하나가 정상을 올려다보며 말했다. 도망친 흔적도, 시체도 없다면 용아병들을 뚫고 올라갔다는 결론을 낼 수밖에 없었다.

"그게 말이 된다고 생각해?"

"용아병들을 무슨 수로 뚫어?"

마법사들은 한목소리로 반박했다. 세상에 용아병을 뚫고 지났다니. 차라리 드래곤 레어에서 살아 돌아왔다는 말이 더 그럴듯하게 들릴 지경이었다.

그때였다.

"엇, 저쪽에 흔적이 남아 있는데?"

기사 하나가 산을 오른 흔적을 발견했다. 급하게 올라가는 과정에서 쥬피로스의 애병 썬더론이 수풀을 살짝 꺾어 놓은 것이다.

"말도 안 돼!"

"뭐가 어떻게 된 거야?"

마법사들은 경악을 금치 못했다. 저 흔적들이 사실이라면, 정말로 용아병을 뚫고 지났다는 말이 된다.

"확인해 봐야겠어."

기사단장이 검을 뽑아 들었다.

"좋아. 함께 가지."

마법단장도 수색에 동참하겠다는 뜻을 보였다.

기사단장과 마법단장을 따라 제1경비대 소속 기사 100명과 마법사 20명이 용아병의 영역으로 들어갔다. 어차피 자신들이 차고 있는 마정석을 인식할 테니 아무 문제 없을 것이라 여기며.

하지만 애석하게도 그들이 철석같이 믿고 있던 마정석은 무용지물이 된 지 오래였다.

"끼아아아!"

"끄아아아!"

기사들과 마법사들이 영역 안으로 들어오자 기다리고 있던 용아병들이 달려들었다.

"으아앗!"

"피해!"

뒤늦게 용아병의 이상 상태를 확인한 기사들과 마법사들이 영역 밖으로 도망치려 했다. 하지만 그들보다 먼저 용아병들의 검이 날아들었다.

후앗! 후아앗!

잔인한 골검(骨劍)이 기사들의 등을 꿰뚫고 마법사들의 목을 베었다.

"커억!"

"크아악!"

순식간에 제1경비대 소속 기사들과 마법사들이 피를 뿌리며 쓰러졌다.

"끼긱. 끼긱."

"끄아. 끄윽."

　단리명의 명령을 성실히 수행한 용아병들이 요란스럽게 웃어 댔다.

　그로부터 한 시간쯤 뒤.

"뭐, 뭐야?"

"뭐가 어떻게 된 거야?"

　제2경비대 소속 기사들과 마법사들이 도착했지만 그들 또한 용아병들의 검에 전멸하고 말았다.

3

　호라난 산의 정상에 오르는 길은 생각만큼 편치가 않았다.

"크르르르!"

"크아앗!"

　용아병 다음에는 정체 모를 마수들이 모습을 드러냈다.

　어둠의 힘을 끌어들인 에인션트 드래곤들이 마계로부터 소환한 녀석들이었다.

　마수들의 힘은 용아병 못지않았다.

　만일 인간이었다면 제대로 싸워 보지도 못하고 목숨을 잃었을 것이다.

　하지만 단리명의 곁에 있는 자들은 드래곤들이었다.

"이놈들!"

하이베크가 애병 라보라를 휘둘렀다.

후아아앗!

라보라의 검신에서 뿜어져 나오는 냉기가 마수들을 단숨에 쪼개 버렸다.

"귀찮으니 다 덤벼라!"

마병 살루딘을 소환한 로데우스도 오랜만에 힘을 썼다. 무식하게 덤벼드는 마수들에게 똑같이 무식한 방법으로 응수해 주었다.

"라이트닝 볼트!"

샤이니아도 마법을 사용하며 마수들을 견제했다. 워낙 마법에 대한 내성이 강하다보니 마법 만으로는 마수들을 쓰러트릴 수가 없었다.

하지만 그녀에게도 신병이 있었다. 천족들이 만들었다는 마법 지팡이 네솔루드.

그 모양이 마음에 들지 않아 자주 사용하진 않았지만 네솔루드를 손에 쥔 것만으로도 마나에 자연스럽게 신성한 힘이 더해졌다.

"귀찮은 놈들! 썩 꺼져라!"

아마데우스도 아공간에서 채찍 하나를 꺼내 들었다. 그가 태고룡에 접어든 이후에 심혈을 기울여 만들어 낸 극강의 무기 데프론이었다.

"크앗!"

"끄아아!"

채찍에 얻어맞을 때마다 마수들은 정신을 차리지 못하고 비틀거렸다.

살이 뒤틀리고 뼈가 부러질 것 같은 고통을 참을 수가 없었다.

그나마도 아마데우스가 적당히 힘 조절을 했기에 망정이지 아니었다면 목숨을 잃었을지 모른다.

그만큼 최강의 드래곤이라 불리는 아마데우스의 힘은 대단했다.

하지만 드래곤들 중 최고의 활약을 펼친 건 아마데우스가 아니라 쥬피로스였다.

"흥! 어딜!"

달려드는 마수들의 심장을 향해 쥬피로스가 애병 썬더론을 내질렀다.

후아아앗!

번개의 힘을 머금은 썬더론은 마수의 심장에 박히기가 무섭게 폭발하듯 뇌전을 뿜어냈다.

제아무리 대단한 마수라 해도 생명의 원천인 심장이 부서진 이상 더는 버틸 수 없었다.

쿵!

썬더론에게 꿰뚫린 마수가 절명하듯 쓰러졌다.

푹!

녀석에게서 썬더론을 뽑아낸 쥬피로스가 먹이를 노리는 맹수마냥 다른 마수들을 찾아 움직였다.

앞장서서 마수들을 상대해 준 드래곤들 덕분에 단리명은 계속해 길을 갈 수 있었다.

그렇게 산 정상 부근에 도착했을 때, 단리명은 또다시 천기자의 흔적을 발견할 수 있었다. 호라난 산 정상으로 향하는 돌계단 입구의 석벽에 천기자가 남긴 것으로 추정되는 글이 새겨져 있었다.

어서 오라 연자여. 그대를 기다렸노라.

"흐음……."

석벽에 쓰인 천기자의 전언을 쭉 훑어 내린 단리명이 나직이 신음했다.

생의 마지막 순간에 남긴 듯 필체가 흔들렸지만 다행이 훼손된 글자는 없었다.

덕분에 천기자의 전언을 이해하는데 어려움이 없었다.

천기자가 남긴 말은 간단했다.

악을 파괴하려는 천기자의 마지막 도전은 결국 실패로 끝났다. 신성 제국에서 지원해 주었던 성기사들과 신관들을 모두 잃었지만 결국 악의 부활을 막을 수가 없었다.

천기자는 자신의 모든 힘을 동원해 악의 부활을 조금 늦추는데 성공했다.

그래 봐야 고작 10여 년뿐이었지만 그것만으로도 천기자는 웃을 수 있었다. 자신의 희생으로 인해 악이 깨어나기 전에 연자가 찾아와 악을 소멸할 것이라는 천기를 읽은 것이다.

그러니 연자여. 부디 이 세상을 위해 악을 소멸해 주길 부탁하오.

천기자의 마지막 바람이 단리명의 가슴을 울렸다. 단리명은 솔직히 웃음이 났다.

다른 이도 아니고 천마신교의 철천지원수나 마찬가지인 천기자의 유지를 받아들여야 한다는 사실이 솔직히 당혹스러웠다.

하지만 악의 부활을 막으려는 건 천기자를 위한 게 아니었다.

레베카와 레이첼, 그리고 자신을 따르는 모든 이들을 위해 선택한 일이었다.

"가자."

크게 숨을 들이켠 단리명이 앞장 서 계단을 올랐다.

연자여. 조심하라.

천기자가 남긴 여운이 단리명의 주변을 맴돌았다.

Chap.
69

삼마를 거두다

1

"가자!"

단리명이 가장 먼저 계단을 올랐다.

"대형!"

"같이 가요!"

하이베크와 로데우스가 재빨리 단리명의 뒤를 따랐다.

그 뒤로 쥬피로스가 잔뜩 상기된 얼굴로 움직였다. 이제 남은 것은 샤이니아와 아마데우스. 그런데 아마데우스가 갑자기 걸음을 멈춰섰다.

"왜 그러세요?"

샤이니아가 뒤를 돌아보며 물었다.

"가 봐야 소용없어."

계단을 올려다보던 아마데우스가 눈가를 찌푸렸다.

"소용 없다니요?"

샤이니아가 고개를 갸웃거렸다. 이제 계단만 오르면 정상인데 갑작스럽게 아마데우스가 이러는 이유를 이해할 수가 없다는 표정이었다.

물론 계단을 오르면 호라난 산의 정상에 도착하는 게 맞았다. 하지만 아무나 호라난 산의 정상에 오를 수 있는 것은 아니었다.

"정상에는 강력한 결계가 펼쳐져 있다."

"결계요?"

"그래. 결계. 중간계의 것도, 신계의 것도 아닌 이계의 결계 말이다."

"그럼 여기까지 온 게 헛수고란 말이에요?"

샤이니아가 허탈한 듯 주절거렸다. 만일 누구도 정상에 오를 수 없다면 여기까지 온 의미가 없어진 셈이다.

하지만 아마데우스는 아직 이번 일이 실패했다고 말한 적이 없다.

"헛수고는 아니지. 아마도 그 녀석은 오를 수 있는 것 같으니까."

"대공 전하요?"

"그래. 그 잘난 마족 녀석."

아마데우스가 슬쩍 입가를 비틀었다.

처음 봤을 때부터 마음에 들진 않았지만 왠지 모르게 싫지 않았던 단리명. 그 녀석이라면 이 지긋지긋한 악연을 깨줄 수 있을지도 몰랐다.

2

아마데우스의 예상대로 계단 위쪽에는 단단한 진법이 펼쳐져 있었다.

여기서부터는 오직 선택받은 자만이 오를 수 있다.

계단 한 귀퉁이에 천기자의 전언이 보였다. 천기자도 이 결계를 깨기 위해 부단히도 노력했지만 끝내 실패의 쓴잔을 맛본 것이다.

"제길!"

"이제 어쩌지?"

그 어떤 방법으로도 결계를 뚫을 수 없다는 사실을 안 드래곤들이 허탈함을 감추지 못했다.

그러나 단 한 사람, 단리명은 예외였다.

결계에서 느껴지는 기운은 단리명에게는 무척이나 낯익은 것이었다. 결계의 정체가 다름 아닌 천마신교의 절진이었기 때문이다.

다소 변형되긴 했지만 결계는 천마신교에서 만들어진 수많은 절진들이 혼합된 게 확실해 보였다.

이런 상황이라면 제아무리 단리명도 절진을 파훼할 수는 없었다. 하지만 생문을 따라 절진 안으로 들어가는 것은 충분히 가능했다.

"나 혼자 들어가겠다. 그러니 내가 나올 때까지 다들 내려가서 기다리도록 해라."

단리명이 단호한 목소리로 말했다. 지금으로서는 그것이 최선이었다.

하지만 단리명을 주군처럼 모시는 드래곤들은 그 결정을 쉽게 받아들일 수 없었다.

"저도 따라가겠습니다."

하이베크가 라보라를 움켜쥐며 말했다.

"대형. 저도 데려가 주십시오."

로데우스의 손에 쥔 살루딘이 흉흉하게 울었다.

"대공 전하."

쥬피로스도 사납게 눈을 빛냈다. 이대로 단리명을 놓치고 싶지 않았다.

단리명도 가급적이면 이들과 함께 가고 싶었다. 하지만 자신조차 확신할 수 없는 길에 굳이 동료들까지 끌어들일 수는 없는 노릇이었다.

"어차피 이 이상은 나밖에 갈 수가 없다. 그러니 걱정하지 말고 기다려라."

아쉬워하는 드래곤들을 달랜 뒤 단리명이 천천히 결계 안으로 걸어 들어갔다. 그러면서 천마지존강기를 극성으로 끌어 올렸다.

후아아아앗!

단리명의 몸을 타고 흘러나온 천마지존강기가 결계 속으로 파고들었다.

그 어둠의 기운을 느낀 것일까?

쿠르르르!

몇 번이고 단리명을 밀어내려던 결계가 이내 마지못해 생
문을 열어 주었다.

3

저벅. 저벅.

나직한 발소리가 울렸다.

스아아아.

그럴 때마다 짙은 어둠들이 발소리를 집어삼킬 듯이 덤벼
들었다.

만일 다른 이들이었다면 그 어둠에 겁을 먹고 뒷걸음을
쳤을 것이다. 그러다 발을 헛디뎌 어둠 속에 빨려 들어갔을
것이다.

하지만 단리명은 달랐다. 그에게 있어 이 정도 어둠은 친
근할 뿐이었다.

"만만치 않군."

뺨을 할퀴려는 어둠을 빗겨 내며 단리명이 천천히 걸음을
옮겼다.

후르르릉!

손에 쥔 수라마도가 당장 자신을 사용하라며 울어 댔다.
하지만 오랜 시간으로 인해 절진의 균형이 깨진 이상 섣불
리 힘으로 밀어붙일 수는 없었다.

"아직은 때가 아냐."

단리명이 피식 웃으며 수라마도의 도신을 툭 하고 두드렸다. 하지만 사악한 어둠을 느낀 수라마도는 좀처럼 잠잠해지지 않았다.

그러나 단리명도 더 이상은 수라마도를 달래 줄 여유가 없었다.

"진이 바뀌었군."

몇 걸음 나아가자 자신을 둘러싸고 있던 어둠의 흐름이 달라졌다. 절진 속에 또 다른 절진이 펼쳐진 것이다.

"이건… 뭐였지?"

단리명은 걸음을 멈추고 어둠의 움직임을 관찰했다. 조금씩 어색한 움직임을 보이기는 했지만 다행이도 알고 있는 진법과 비슷해 보였다.

"환영마라진이로군."

진법을 파악한 단리명이 다시 발걸음을 놀렸다.

저벅. 저벅.

단리명의 발자국 소리가 나직하게 울렸다.

스아아아!

그럴 때마다 어둠이 단리명을 집어삼킬 듯 덤벼들었다.

4

총 5개의 절진을 지나고서야 단리명은 호라난 산 정상의 중심에 도착할 수 있었다.

스아아앗!

정상에 들어서자 눈과 기감을 현혹시키던 어둠들이 물러났다. 그리고 넓은 공터가 드러났다.

"후우……."

길게 한숨을 내쉬며 단리명이 천천히 눈을 돌렸다.

세상 그 무엇도 거칠 게 없을 만큼 탁 트인 호라난 산의 정상. 그곳에 마치 석벽처럼 들어서 있는 커다란 신수들이 가장 먼저 시선을 잡아끌었다.

용과 비슷한, 그러나 굳건한 다리와 커다란 날개가 달린 정체 모를 신수.

"이게 말로만 듣던 드래곤인 모양이로군."

단리명은 직감적으로 그것들이 드래곤임을 알아챘다.

그 예상대로 서로를 마주보며 서 있는 세 마리의 드래곤은 에인션트 드래곤들이었다. 그것도 에인션트 드래곤들을 이끌었던 세 마리의 태고룡들이었다.

본래 그들은 일족들을 잘못된 길로 이끌었다는 이유로 호라난 산에 봉인되어 있었다. 다른 에인션트 드래곤들에게 강제 수면기를 강요한 대신 태고룡들에게는 영원한 수면을 안겨 준 것이다.

일족의 태고룡들이 힘을 합쳐 만든 봉인은 인간들의 힘으로는 쉽게 깰 수가 없었다. 유일한 방법이라면 고룡의 반열에 들어선 드래곤의 하트 100개에 해당하는 강력한 마나로 마법진을 뒤흔드는 것뿐이었다. 그러나 그것이 현실이 되기란 불가능한 일이었다.

그런데 일이 터졌다. 다른 세상에서 온 세 명의 인간이 에인션트 드래곤들을 전부 잠에서 깨우더니 북부 대륙을 장악하기 시작한 것이다.

그들을 막기 위해 대륙 각지의 드래곤들이 북부에 집결했다. 그 과정에서 큰 전투가 벌어졌고 수많은 드래곤들이 목숨을 잃었다.

그때 죽은 고룡들의 수만 해도 족히 200을 헤아렸다. 그리고 그들이 남긴 드래곤 하트는 세 마리의 태고룡을 깨우기 위해 사용되고 있었다.

하지만 이 같은 사실을 단리명은 알지 못했다. 생전 처음 보는 드래곤이 어째서 석상처럼 굳어 있는지조차 이해가 가지 않았다.

그러나 단리명은 본능적으로 드래곤들이 깨어나서는 안 된다는 걸 알고 있었다.

"어디지?"

세 마리의 에인션트 드래곤을 지난 단리명의 시선이 주변으로 향했다. 이곳 어딘가에 저들을 깨우기 위한 필시 모종의 장치나 진법 같은 게 있을 것이라 여겼다.

아니나 다를까.

"저곳이군."

세 마리의 드래곤이 마주보고 선 한가운데에 둥그런 원탁 하나가 놓여 있었다.

저벅. 저벅.

단리명이 원탁을 향해 천천히 걸음을 옮겼다. 그러자 갑작스럽게 수라마도가 울어 대기 시작했다.

"후르릉! 후르르릉!"

그것은 단순히 자신을 사용해 달라고 칭얼거리는 게 아니었다. 수라마도 특유의 위험 신호였다.

"왜 그래?"

단리명이 손으로 수라마도를 쓸어내렸다. 갑자기 흥분한 수라마도를 달래려 했다.

하지만 수라마도는 진정하지 못했다. 오히려 원탁에 가까워질 수록 더욱 사납게 울어 댔다.

그 이유를 단리명은 원탁에 도착하고서야 알게 되었다.

"이것은……!"

놀랍게도 원탁에는 사라졌다는 천마신교의 세 신물들이 놓여 있었다.

천마를 상징하는 천마검.

천마후의 신물로 사용되었다는 천마경.

천마의 영혼을 불러들일 수 있다고 알려진 천마령.

700년 전 삼마가 천마고에 잠입해 훔쳐간 천마신교의 3대 보물이 확실했다.

놀라운 건 그것만이 아니었다.

"크하하하! 인간! 인간이다!"

"마기가 충만한 것을 보니 마인이로구나!"

"자, 어서 검을 잡아라! 어서!"

천마신교의 삼대 신물 안에는 사라졌던 삼마의 영혼이 갇혀 있었다.

수천이 넘는 정파인들을 주살해 무림공적이 됐던 혈마!

하루만에 무림맹 수뇌들을 암살해 무림을 떠들썩하게 만들었던 비마!

정마대전에서 천고의 절진을 부활시켜 무림맹 무사 3천을 죽음으로 이끌었던 환마!

마교 역사상 길이 남을 뻔했다가 천마신교의 삼대 성물을 가지고 사라졌던 삼마가 바로 이곳에 있는 것이다.

추측컨대 육신의 삶이 끝나자 영생을 위해 천마신교의 보물 안으로 들어간 게 틀림없어 보였다. 그들이 서역의 신화 속 존재로 알려진 저 거대한 드래곤의 몸을 탐하고 있는 게 확실해 보였다.

'드래곤은 마법을 부려 인간의 모습으로 변할 수도 있다고 했지.'

단리명은 삼마의 꿍꿍이를 알 것 같았다. 보통 1만 년은 거뜬히 산다고 알려진 드래곤이다. 그들의 몸을 차지할 수 있다면 대륙을 지배하는 것도 문제될 게 없었다.

솔직히 삼마는 중원으로 돌아갈 수 있는 방법을 찾기 위해 고심하던 중 에인션트 드래곤들을 발견하게 됐다. 그들의 힘을 흡수할 수 있다면 중원으로 돌아가는 것도 가능할 것이라고 판단했다.

하지만 봉인된 에인션트 드래곤들을 깨우는 방법은 생각만큼 쉽지가 않았다.

고룡의 드래곤 하트 100개가 필요하다.

삼마는 드래곤 하나를 붙잡아 비밀을 알아냈다. 그리고 필요한 드래곤 하트를 충족시키기 위해 잠자고 있던 다른 에인션트 드래곤들을 깨웠다.

우리와 함께 세상을 지배하자!

삼마의 말에 에인션트 드래곤들은 강하게 반발했다. 마왕도 아니고 고작 인간 따위에게 휘둘릴 만큼 드래곤들은 만만한 상대가 아니었다.

하지만 그 당시 천마신교의 교주를 능가하는 무위를 갖추고 있었던 삼마는 어렵지 않게 드래곤들을 제압했다. 그리고 그들의 정신을 조종했다.

삼마의 뜻대로 대륙에는 대규모 전쟁이 벌어졌다. 그 과정에서 수많은 드래곤들이 죽거나 다쳤다.

삼마는 기회를 보고 있다가 죽어가는 고룡들의 드래곤 하트를 차지했다. 필요에 따라서는 에인션트 드래곤의 드래곤 하트도 마다하지 않았다.

그렇게 100개의 드래곤 하트를 취한 뒤 삼마는 태고룡들의 몸을 차지하기 위해 자신들의 몸을 버렸다. 그리고 신물

속으로 들어갔다.

이대로 10년이란 시간이 지나면 태고룡들이 깨어날 터. 그 틈을 노려 그들의 몸을 잠식할 생각이었다.

그러나 삼마는 단리명을 보기가 무섭게 욕심을 냈다. 10년을 더 기다려야 하는 드래곤들보다 천마신교의 후예인 단리명이 더 탐이 나는 것이다.

하지만 애석하게도 단리명은 삼마에게 몸을 빼앗길 생각이 전혀 없었다.

"미안하지만 이 신물들은 교로 가져가겠소."

단리명이 수라마도를 뽑아 들었다. 그리고 천마지존강기를 극성으로 끌어 올렸다.

후르르릉!

수라마도의 도면을 타고 흉측한 아수라의 형상이 피어 올랐다.

'안 돼!'

'멈춰!'

'이노옴!'

뒤늦게 단리명의 속내를 알아챈 삼마가 비명을 질렀다. 하지만 단리명은 인정사정없이 수라마도로 천마검과 천마경, 천마령을 후려쳤다.

깡! 깡! 까앙!

요란한 충돌음이 공간을 가득 울렸다. 그럴 때마다 이승을 떠돌던 삼마의 영혼이 하나씩 사라졌다.

Chap.
70

대공의 귀환

1

깡! 깡! 까앙!

수라마도로 천마신교의 삼대 보물을 후려 칠 때마다 요란한 충돌음이 공간을 가득 울렸다.

'크아아악!'

'제발……!'

'안 돼!'

그럴 때마다 이 대륙의 이승을 떠돌던 삼마의 영혼이 하나씩 사라졌다.

"후우……."

다시 영롱한 빛을 되찾은 세 신물을 바라보며 단리명이 안도의 한숨을 내쉬었다.

천마신교의 소교주로서 천마신교의 신물을 찾아야 하는

사명을 가지고 있던 그로서는 의외의 성과가 아닐 수 없었다.

하지만 신물을 찾겠다는 마음이 너무 강했던 것일까. 단리명은 삼마의 영혼과 진법이 연관되어 있다는 사실을 미처 파악하지 못했다.

단리명이 천마검과 천마경, 천마령을 집어 든 순간,

쿠르르르릉!

갑자기 진법이 흔들리기 시작했다. 진법의 중심축이나 마찬가지였던 세 개의 신물은 물론 진법을 이루는 마나를 공급했던 삼마가 사라져 버린 탓에 붕괴가 시작된 것이다.

"이런!"

단리명의 얼굴에 처음으로 다급함이 번졌다. 만에 하나 이대로 진법이 무너지면, 자신은 평생 진법 속에 갇혀 살아야 할지도 모른다.

그렇다고 무턱대고 밖으로 달려갈 수도 없었다. 한 발자국만 잘못 디뎠다간 어둠 속으로 빨려 들어가고 말 것이다.

"침착하자."

단리명은 크게 숨을 들이켰다. 비록 진법의 붕괴가 시작되었지만 아직 완전히 무너진 것은 아니었다. 게다가 서둘러 봐야 상황이 달라질 것도 없었다.

"후우……."

길게 숨을 내쉬며 단리명은 진법 속으로 걸음을 내딛었다.

쿠르르르릉!

진법이 당장에고 무너질 것처럼 요란하게 울어 댔다. 하지만 단리명은 흔들림 없이 생문만을 향해 나아갔다.

2

"오늘도인가?"

불안정해진 결계를 바라보며 하이베크가 무겁게 한숨을 내쉬었다.

단리명이 결계 안으로 들어간 지도 벌써 네 달이 흘렀다.

결계 안에서 무슨 일이 벌어지고 있는지는 모르지만 하루하루가 불안하기만 했다.

그것은 로데우스도 마찬가지였다.

"제길. 요새 들어 왜 저렇게 시끄럽게 우는 거야?"

혹시라도 단리명이 결계 밖으로 나오지 못할까 봐 걱정하는 표정이 역력했다.

말은 안 했지만 샤이니아와 쥬피로스도 하루에도 몇 번씩 결계 쪽을 바라보았다. 별일 없을 것이라고 자신했던 아마데우스마저 최근 들어서는 결계를 신경쓰는 일이 잦아졌다.

하지만 그로서도 결계 안의 상황까지는 파악하기 어려웠다.

"흐음……."

오늘도 결계를 살피던 아마데우스가 무겁게 한숨을 내쉬었다.

어제보다 결계의 흐름이 불안정해진 게 무슨 일이라도 생긴 모양이었다.

"어때요?"

샤이니아가 걱정스런 얼굴로 다가왔다.

"어떠긴 뭘 어때."

아마데우스가 아무렇지도 않은 듯 말했다.

결계의 상황이 나빠졌다는 사실을 굳이 알려 봐야 좋을
게 없었다.

하지만 샤이니아도 바보는 아니었다. 감히 아마데우스와
비교하긴 어렵지만 다른 고룡들에 비해 그녀의 마법 실력은
상당했다.

"괜찮겠지요?"

샤이니아가 조심스럽게 물었다.

"흥, 내가 그걸 어떻게 알아?"

아마데우스가 괜히 고개를 돌려 버렸다.

그때였다.

쿠르르르릉!

불안하던 결계가 더욱 요란스럽게 우짖었다.

"아마데우스 님!"

"어떻게 좀 해 보십시오!"

불안해진 하이베크와 로데우스가 아마데우스를 붙잡고 늘
어졌다.

하지만 제아무리 아마데우스라 해도 천마신교의 변형된
진법까지 알 수는 없는 노릇이었다.

"괜찮을 테니 기다려라. 그놈이라면 꼭 살아 올 테니."

아마데우스가 불안해 하는 드래곤들을 달랬다. 자신 역시 불안하긴 마찬가지였지만 단리명이 이대로 죽을 것이라는 생각은 들지 않았다.

그런 그의 예상이 맞아떨어진 것일까.

파아앗!

결계가 갈라지더니 그 안에서 단리명이 모습을 드러냈다.

"대형!"

"대공 전하!"

단리명을 발견한 하이베크와 로데우스, 샤이니아, 쥬피로스가 한달음에 달려왔다.

"괜찮느냐?"

평소에는 눈만 마주쳐도 봐도 인상을 써 댔던 아마데우스조차 단리명을 챙겼다.

결계 안에 들어간 지 4개월여만의 재회다.

당연히 결계 안에서 크고 작은 일들이 있었을 것이라 여겼다.

하지만 정작 단리명은 드래곤들의 지나친 반응이 어색하기만 했다.

그저 두 시진쯤 지난 것 같은데 왜들 이렇게 호들갑을 떠는지 이해하기 어렵다는 반응이었다.

그렇게 단리명이 드래곤들과 요란스런 재회를 가질 무렵.

쿠르르르릉!

호라난 산 정상에 펼쳐졌던 결계가 기어코 무너져 내렸다.

대륙을 불행하게 만들 모든 악의 씨앗들을 집어삼킨 채로.

봄이 지나고 여름이 왔다. 하르페 왕국 백성들은 가을의 풍성한 수확을 위해 무더위와 싸우며 생업에 매진했다.

다행히도 우려했던 주변 국들의 도발은 없었다. 단리명이 하르페 왕국을 떠났다는 소식이 전해졌지만 누구 하나 감히 하르페 왕국을 노리지 못했다.

어쩌면 당연한 일.

단리명의 곁에 텔레포트 마법을 사용한다는 샤이니아가 있는 이상은 하르페 왕국을 떠나도 떠난 게 아니었다.

괜히 잘못된 소문이라도 퍼져 단리명의 귀에 들어가기라도 한다면 당장 단리명과 8레벨 마법사의 방문을 받게 될지 몰랐다.

신성 제국에서도 연일 대륙의 미래를 위한 기도를 올렸다.

선의 대리자들이 악의 대행자인 단리명을 위해 기도한다는 것 자체가 우스운 노릇이었지만 대륙을 위해 헌신한 그의 노력만큼은 잊지 않았다.

주변국들의 우호적인 반응이 계속되면서 하르페 왕국의 국정도 점차 안정을 찾았다.

4대 공작 시절부터 작년까지 연달아 계속됐던 전쟁의 후유증을 털어 내며 평화롭던 옛 시절로 돌아갈 준비를 서둘렀다.

"곧 돌아오실 리먼 대공 전하께 인정받을 수 있도록 최선을 다합시다."

재상 칼리오스 공작은 앞장서서 하르페 왕국의 국정을 이끌었다.

여전히 정신 못 차리는 귀족들은 재상의 권위로 엄히 다스렸다.

그러면서도 국정에 서투른 레베카에게는 더없이 충성스런 모습을 보여 주었다.

쉽지 않을 것 같았던 하르페 왕국의 적응기도 순탄하게 흘렀다.

이제 왕실을 떠난 단리명만 돌아오면 모든 게 제자리를 찾을 것만 같았다.

그때였다.

"크, 큰일났습니다!"

갑작스럽게 왕실에 일이 생겼다.

"무슨 일인가요?"

"레이첼 왕비님께서 진통이 시작된 것 같습니다!"

"……!"

4

"좋지 않은 결과가 있을지도 모르겠습니다."

서둘러 달려온 레베카에게 신관이 굳은 얼굴로 말했다.

레이첼의 출산일은 아직 두 달이나 남았다. 그럼에도 아이를 낳으려 한다는 것은 태아나 산모에게 문제가 있다는 뜻으로 여겨졌다.

중원에서도 칠삭둥이나 팔삭둥이는 단명하는 경우가 대부분이었다.

열 달을 채우지 못한 미숙아다 보니 아무래도 건강에 이상이 생길 수밖에 없었다.

그래서 신관은 레베카에게 최악의 상황까지 염두에 두라고 간했다.

얼마 전까지만 해도 건강한 아이의 출산을 기원했던 그였지만 지금 같은 상황까지 책임을 지고 싶은 마음은 없어 보였다.

"레이첼. 힘을 내."

출산의 고통을 겪고 있는 레이첼의 손을 잡으며 레베카가 위로했다.

할 수만 있다면 마법을 사용해서라도 레이첼을 돕고 싶었다. 하지만 자칫 잘못했다간 태아에게 악영향을 끼칠 수 있었다.

"언니. 전하가 보고 싶어요."

끔찍한 고통에 신음하면서도 레이첼은 단리명을 그리워했다. 첫 아이를 낳기 전까지 돌아오겠다는 단리명의 마지막 말만 곱씹으며 지난 시간을 버텨 왔던 그녀로서는 자신의 옆에 단리명이 없다는 사실이 너무나 슬프기만 했다.

'가가. 언제쯤 돌아오시나요.'

레베카도 단리명이 그리웠다. 지금 같은 상황에서 믿고 의지할 수 있는 건 단리명뿐이었다.

하지만 애석하게도 쥬오르 제국으로 넘어간 단리명으로부터는 아직 이렇다 할 연락이 없었다. 그 사실이 레베카는 무척이나 안타까웠다.

그때였다.

후아아아앗!

갑작스런 빛무리가 레이첼의 방 안을 가득 메웠다. 그리고 그 안에서 단리명을 비롯해 대륙의 미래를 위해 떠났던 드래곤들이 모습을 드러냈다.

"가가!"

단리명을 발견한 레베카가 놀람을 금치 못했다.

"대, 대공 전하……!"

레이첼의 입가에도 비로소 안도의 웃음이 번졌다.

"미안하오. 내가 너무 늦었소."

단리명이 다가와 레베카와 레이첼의 손을 잡아 주었다.

사랑하는 두 여인과 함께 해서일까.

단리명은 비로소 집에 온 기분이 들었다.

그 날.

레이첼은 건강한 사내아이를 낳았다.

Epilogue

1

"이제 그만 국왕의 자리를 제온에게 물려주겠어요."

며칠 전. 20년 동안 하르페 왕국을 잘 이끌어 왔던 레베카가 폭탄선언을 했다.

이제 갓 성인이 된 왕세자 제온에게 양위하겠다는 것이다.

"양위라니요!"

"폐하. 다시 생각해 주십시오!"

귀족들은 앞다투어 우려의 목소리를 높였다. 아직 레베카가 정정한데 굳이 나이 어린 왕세자에게 나라를 맡길 이유가 없다는 것이다.

"폐하. 아직 저는 나라를 이끌 준비가 되지 않았습니다."

왕세자 제온도 여왕이자 이모인 레베카에게 찾아가 뜻을

거두어 달라고 간청했다. 솔직히 그는 레베카만큼 나라를 잘 다스릴 자신이 없었다.

그러나 레베카는 더 이상 국왕의 자리에 미련이 없었다. 지난 20년 간 인간들의 국왕 노릇을 한 것만으로도 충분했다.

솔직히 이제는 조금 쉬고 싶었다. 국정에 치여 사는 대신 단리명과 여행을 다니며 남은 여생을 보내고 싶었다.

"제 뜻은 이미 정해졌으니 더는 반대하지 마세요."

레베카는 끝내 자신의 주장을 관철시켰다.

결사 반대하던 귀족들도 마지못해 레베카의 의지를 받아들였다.

그로부터 두 달 후.

레베카를 대신해 왕세자 제온이 하르페 왕국의 두 번째 국왕이 되었다.

그리고 비로소 잠시 끊겼던 하르페 왕국의 맥이 이어졌다.

2

제온이 국왕이 되면서 가장 분주해진 것은 재상인 칼리오스 공작이 아니었다. 가장 먼저 단리명을 쫓았던 이즈마엘과 코르페즈였다.

"후우. 힘들다."

90을 넘긴 나이에도 불구하고 레베카의 통치 기록을 정리한 이즈마엘의 얼굴에 뿌듯함이 번졌다.

살아생전에 하르페 왕조의 부흥을 다시 볼 수 있을까 걱정했던 시절이 있었는데 이제는 이렇듯 첫 국왕의 역사까지 정리하게 됐으니 감계가 무량해진 것이다.

그것은 코르페즈도 마찬가지였다.

"어이쿠, 왕녀님. 또 어딜 가십니까?"

단리명과 레이첼 사이에서 태어난 둘째 왕녀 레나를 챙기느라 나날이 흰머리가 늘어날 지경이었다.

80을 넘긴 코르페즈는 솔직히 그만 왕실에서 물러나고 싶었다. 하지만 코르페즈에 대한 신뢰가 대단한 레이첼은 제온에 이어 레나의 양육까지 코르페즈에게 맡겨 버렸다.

그런 신뢰를 코르페즈도 모르지 않았다. 덕분에 몸은 힘들지만 마음만은 더없이 즐겁게 왕실 생활을 즐길 수가 있었다.

하지만 옛 하르페 왕국의 마지막 충신들이었던 그들의 삶도 그다지 오래 남지 않았다.

짧으면 5년. 길면 10년. 그 안에 영면을 취하게 될 가능성이 높았다.

그것은 다른 이들도 마찬가지였다. 칼리오스 공작이야 엘프의 피를 이어받은 덕분에 다른 인간들보다 50년 정도 더 오래 산다고 해도 메르시오 공작은 슬슬 영지로 내려갈 때가 되었다. 그 외에 적지 않은 귀족들도 은퇴를 심각하게 고민해야 했다.

한때 하르페 왕국의 재건을 위해 평생을 바쳐 왔던 이들의 꿈만 같던 시간들이 그렇게 지나갔다.

그리고 10년 뒤.

후아아앗!

하늘의 뜻에 따라 단리명은 그토록 그리던 중원으로 되돌아가게 됐다.

3

단리명의 귀환은 다소 갑작스럽게 이루어졌다. 이 세상의 안정을 위해 단리명이 다시 본래 살던 곳으로 돌아가야만 하는 상황이 벌어진 것이다.

단리명에 의해 평화를 맞이했지만 어쩔 수 없는 선택이었다.

드래곤들조차 어쩌지 못하는 단리명이 이 세상에 남아 있어 봐야 균형만 헤칠 뿐이었다.

중요한 것은 방법이었다.

그동안 철저히 단리명을 속여 왔는데 이제 와 모든 사실을 털어놓을 수는 없었다.

그래서 신들은 드래곤들에게 도움을 요청했다.

드래곤들은 긴급 회의를 소집해 일족 중 누군가가 단리명을 다른 세상으로 데려다 주는 것으로 결론을 내렸다.

단리명과 함께 떠날 드래곤은 한동안 이 세상으로 돌아올 수가 없었다. 어쩌면 평생 그 세상에서 머무르게 될 수도 있었다.

그래서 하이아시스는 지원자가 없을지 모른다며 걱정했다. 하지만 실상은 정반대였다.

"제가 가겠습니다."

"아닙니다. 절 보내 주십시오."

하이베크를 비롯해 로데우스, 쥬피로스, 샤이니아에 이르기까지 적지 않은 드래곤들이 중원행에 자원했다.

아마데우스마저 이 세상은 재미 없다는 망발을 퍼부으며 은근슬쩍 손을 들 정도였다.

"하아……."

생각보다 많은 자원자들을 바라보며 하이아시스가 한숨을 내쉬었다.

이들 중 과연 누구를 선택해야 할지 벌써부터 골치가 아파 왔다.

하지만 단리명을 중원으로 인도할 적임자는 따로 있었다.

"제가 갈게요. 절 보내 주셔야 해요."

소식을 듣고 달려온 레베카는 단리명과 함께 떠나고 싶다는 바람을 확실히 했다.

많은 드래곤들이 아직 반고룡도 되지 않은 그녀를 걱정했지만 레베카는 고집을 꺾지 않았다.

이대로 단리명을 떠나 보냈다간 자신도 살 수 없을 것만 같았다.

"그렇게 하렴."

레베카의 진심을 확인한 하이아시스가 어렵게 고개를 끄덕였다.

"내 죽기 전에 한 번 놀러 갈 테니 잘 지내거라."

아마데우스는 주책없게 눈물을 글썽거렸다.

"가가. 가가가 살던 곳을 가 보고 싶어요."

일족과 작별한 레베카는 단리명을 설득했다. 함께 중원에 가자고 말했다.

그렇지 않아도 중원에 대한 그리움이 가득했던 단리명은 흔쾌히 고개를 끄덕였다.

레이첼과 자식들이 마음에 걸렸지만 자신의 결정을 이해해 줄 것이라 여겼다.

후아아앙!

대륙을 구한 단리명을 위해 신들이 차원의 문을 열어 주었다.

"가가. 이쪽으로."

레베카가 웃으며 단리명을 차원의 문으로 인도했다.

"흐음……."

왠지 모르게 떨떠름한 감정을 삼키며 단리명이 차원의 문 안으로 발을 디뎠다.

4

30년 만에 돌아온 천마신교는 여전했다. 많은 게 달라져 있을 줄 알았는데 예전 그대로였다.

"기분 탓인가."

천마신교의 현각들을 살피며 단리명이 피식 웃었다. 10

년이면 강산이 변한다고 했다. 강산이 세 번 변할 시간 동안 자리를 비웠는데 전혀 달라지지 않았다면 이상한 것이다.

하지만 실제 천마신교는 크게 달라진 게 없었다. 이계에서 30년이란 시간이 지났지만 중원에서는 3년밖에 지나지 않은 탓이다.

이계와 중원은 1,000년을 주기로 시간의 변화가 바뀐다. 그리고 지금은 중원보다 이계의 시간이 10배 느리게 흐르고 있었다.

덕분에 단리명은 자신의 부재를 최소화시킬 수 있었다. 반면 단리명의 행세를 내며 은연중에 천마신교를 장악하던 이브라엘은 달랐다.

"제, 제길! 저 녀석이 어떻게 돌아온 거야!"

단리명의 처소에서 여색을 탐하다 단리명의 인기척을 느낀 이브라엘이 황급히 몸을 감췄다. 이 세계에서 떵떵거리며 살아 보겠다는 그의 계획이 또다시 꼬이는 순간이었다.

〈『마도군주』 完〉

작가 블로그 : blog.daum.net/semin2007
소속 카페 : cafe.daum.net/withTeaJea

설정집

— 인물편 —

단리명—24세. 천마신교의 소교주. 별호가 구절공자인 만큼 못하는 게 없고 무공은 하늘에 닿아 있다. 천하제일녀를 찾아 차원을 넘는다. 교황으로부터 대륙을 구해 달라는 부탁을 받고 드래곤들과 함께 호라난 산에 오른다. 그곳에서 천기자와의 오랜 악연을 끊는다.

레베카—3,008세(22세). 성룡. 골드 드래곤. 순혈을 타고났으며 모든 일족의 사랑을 받는다. 단리명을 만나 신탁의 족쇄를 풀고 하밀 왕국의 왕녀로서 유희를 시작한다. 그러나 새롭게 나타난 레이첼에게 미안함을 느낀다. 단리명의 뜻에 따라 하르페 왕국의 여왕이 된다. 그러나 자신에게 너무나 친절한 레이첼에게 하르페 왕국의 정통성을 양보하고 단리명과 함께 중원으로 향한다.

로데우스—5,981세(29세). 반고룡. 레드 드래곤. 레베카에게 청혼을 했다가 단리명에게 호되게 당한다. 이후 단리명의 아우가 되어 대륙에 뛰어든다. 하밀 왕국에서 후작의 작위를 받고 4대 공작을 제압하는데 힘을 보탠다. 단리명을 따라 쥬오르 제국으로 향한다.

하이베크—6,016세(29세). 반고룡. 화이트 드래곤. 로데우스를 대신해 단리명에게 도전했다가 막혔던 검술의 벽을 넘어섰다. 이후 로데우스와 함께 단리명의 아우가 된다. 하밀 왕국에서 후작의 작위를 받고 4대 공작을 제압하는데 힘을 보탠다. 단리명을 따라 쥬오르 제국으로 향한다.

베니키스—5,986세(29세). 반고룡. 그린 드래곤. 로데우스의 꾐에 넘어가 단리명을 돕는다. 재정 감각이 탁월하고 특이하게 돈을 좋아한다. 하밀 왕국의 심각한 재정 상태를 해결하기 위해 불철주야 노력한다.

샤이니아—5,989세(29세). 반고룡. 실버 드래곤. 하이베크의 청을 받아들여 단리명과 함께한다. 8레벨 마법사로 분해 티마르 공작과의 싸움을 주도한다. 이후 대륙 마법사들의 새로운 희망으로 떠오른다. 단리명을 따라 쥬오르 제국으로 향한다.

쥬피로스─6,013세(29세).　반고룡.　블루 드래곤.　하이
베크의 청을 받아들여 단리명과 함께한다.　일족들 사이에서
도 손꼽히는 창술을 구현한다.　흑풍대주인 이천을 흉내내어
단리명의 환심을 산다.　단리명을 따라 쥬오르 제국으로 향
한다.

　　이즈마엘─72세.　전 하르페 왕국의 대학자.　역사학 전공
이며 박학다식하다.　단리명에게 이 세계의 언어를 전해 주
었다.　이후 하밀 왕조의 역사를 정리하는 일을 맡았으며 신
하르페 왕국 초대 여왕인 레베카의 통치도 정리하였다.

　　코르페즈─63세.　전 하르페 왕국의 마지막 궁내 대신.
하르페 왕국의 혈통을 찾아 헤매다 단리명을 만난다.　단리
명에게 이 세계의 풍습을 일러 준다.　이후 하르페 왕실의
새로운 왕족들을 보살피는 역할을 부여받는다.

　　레오닉─31세.　호르무스 상단의 주인.　호르무스 상단을
대륙 상단으로 키우겠다는 야심을 가지고 있다.　재정 상황
이 어려운 하밀 왕국을 원조하며 미래의 부흥을 꿈꾼다.

　　메르시오 백작─62세.　메르시오 백작가의 가주.　소드 마
스터 상급의 실력자.　남부 연합을 이끌었으나 단리명에게
투항한다.　이후 그의 충실한 가신이 되어 앞장서서 싸운다.

레베카가 여왕의 자리에 오른 이후 공작으로 승작한다.

스탈란 남작—38세. 메르시오 백작가의 가신. 메르시오 백작과 함께 단리명에 몸을 의탁한다. 정보에 관한 일은 물론 단리명의 곁에서 정략가로서 활약하고 있다. 레베카가 여왕의 자리에 오른 이후 후작으로 승작한다.

로이젠 백작—33세. 로이젠 백작가의 가주. 하르페 왕조의 멸망과 함께 가문 또한 불타올랐지만 가신들의 희생으로 목숨을 구하고 복수를 꿈꾼다. 쓰라린 과거와는 달리 상당히 밝은 성격을 지니고 있다. 단리명을 신처럼 추종한다. 마스터 중급의 실력자. 레베카가 여왕의 자리에 오른 이후 후작으로 승작한다.

천기자—중원에서 100년 전쯤에 사라진 기인. 멸마공을 통해 천마신교를 압박한 유일한 존재로 단리명의 적의를 사고 있다. 그러나 이후 대륙의 안녕을 위해 헌신한 그의 행적이 드러나면서 단리명과 묘한 인연으로 얽히게 됐다.

레이첼—22세. 하르페 왕실의 유일한 후예. 오랫동안 칼리오스 공작의 보호 속에서 자신의 진실한 신분을 모르고 살아 왔다. 이후 왕녀의 자리를 되찾게 되지만 왕위는 레베카에게 돌아가고 만다. 그러나 레베카의 배려로 인해 단리명의 두 번째 부인이 되며 단리명과의 슬하에서 1남 1녀를 낮게 된다.

바르카스 공작—54세. 바르카스 공작가의 가주. 하밀 왕국 4대 공작의 한 사람으로 도끼를 기가 막히게 다룬다. 단리명의 등장 이후 자립을 시도하다 로데우스의 도끼에 목숨을 잃고 만다.

티마르 공작—59세. 티마르 공작가의 가주. 하밀 왕국 4대 공작의 한 사람으로 7레벨 마스터. 그토록 염원하던 8레벨의 경지를 죽기 직전에야 맛본 비운의 마법사다.

발렌시아 공작—65세. 발렌시아 공작가의 가주. 하밀 왕국의 4대 공작의 한 사람으로서 마에스트로의 경지에 이른 강자다. 하르페 왕조를 무너뜨리고 보다 더 큰 뜻을 이루기 위해 노력해 왔다. 하지만 결국 단리명의 검 앞에 무릎을 꿇고 말았다.

칼리오스 공작—68세. 칼리오스 공작가의 가주. 하밀 왕국의 4대 공작의 한 사람으로서 특급 정령사이다. 엘프의 피가 절반쯤 섞인 하프 엘프로서 드래곤들을 잘 알고 있다. 하르페 왕조의 부활을 위해 잠시 하밀 왕국에게 등을 돌렸지만 결국 단리명에게 협조하게 된다. 이후 신 하르페 왕국의 첫 번째 재상의 자리에 오른다.

케이로스—40세. 칼리오스 공작의 장남. 칼리오스 공작가를 이끌 유일한 사내. 상급 정령사로서 어려서부터 레이첼을 친동생처럼 아껴 왔다. 단리명에게 섣불리 덤벼들다가 연달아 패한 굴욕을 맛본다.

아마데우스—12,667세. 태고룡. 골드 드래곤. 역사상 최강의 드래곤이라 불리지만 일족의 이단아로 낙인찍혀 있다. 그러나 레베카에 대한 헌신적인 마음만큼은 타의 추종을 불허한다. 레베카가 마족과 결혼한다는 소문에 레어를 뛰쳐나왔으나 대륙의 평화를 위해 헌신하는 단리명을 자신도 모르게 인정하고 만다. 하이아시스와는 앙숙이다.

하이아시스—10,729세. 태고룡. 실버 드래곤. 드래곤로드로서 레베카를 친딸처럼 예뻐한다. 단리명이 일족에게 도움이 될 것이란 신탁을 듣고 그를 이용하려 한다. 아마데우스와 앙숙지간이다.

파블로 법신관—69세. 신성 제국의 법신관. 교황의 뜻에 따라 단리명을 시험하기 위해 하르페 왕국으로 파견됐다. 하온으로 가는 동안 오만과 독선의 전형적인 모습을 보여주었다가 단리명에게 응징을 당한다. 이후 신관으로서의 자리를 보전하기 위해 에가엘로스 성신관의 지시를 따른다.

에가엘로스 성신관—30세. 신성 제국의 성신관. 본래 대신관으로 임명되었으나 그 사실을 숨기고 파블로 법신관을 따라 하르페 왕국으로 왔다. 파블로 법신관이 단리명을 시험하는 모습을 묵묵히 지켜보다가 최악의 순간 나타나 단리명에게 모든 진실을 털어놓는다.

가브리엘 백작—57세. 신성 제국 성기사단장. 신성 제국 최강의 성기사단으로 꼽히는 제13성기사단을 이끄는 성기사. 신성력이 더해질 경우 마에스트로에 버금가는 실력을 보인다고 한다. 그러나 단리명과의 대결에서 패하고 만다.

메기 자작—46세. 신성 제국 성기사부단장. 신성 제국 최강의 성기사단으로 꼽히는 제13성기사단의 부단장. 가브리엘 백작과 막역한 사이다. 무모하게 단리명에게 덤벼들었다가 처참한 패배를 맛본다.

혈마—700년 전의 마도인. 천마신교의 전대 장로. 중원 곳곳을 누비며 수많은 정파인들의 목숨을 빼앗아 무림맹으로부터 무림공적으로 지명되었다. 당시 정마대전을 일으킨 실질적인 원흉이기도 하다. 정마대전 이후 천마신교의 힘이 약해진 틈을 노려 천마검을 들고 다른 세상으로 넘어왔다. 이후 에인션트 드래곤의 몸을 차지하기 위해 노력했으나 단리명의 등장으로 실패로 끝나고 말았다.

비마—700년 전의 마도인. 천마신교의 전대 장로. 은신

술이 빼어나고 경공에 능해 무림맹 한가운데서도 홀연히 자취를 감추곤 했다. 정마대전 이후 천마신교의 힘이 약해진 틈을 노려 천마경을 들고 다른 세상으로 넘어왔다. 이후 에인션트 드래곤의 몸을 차지하기 위해 노력했으나 단리명의 등장으로 실패로 끝나고 말았다.

환마—700년 전의 마도인. 천마신교의 전대 장로. 변장술은 물론 기관진식과 진법에 능했다. 정마대전 이후 천마신교의 힘이 약해진 틈을 노려 천마령을 들고 다른 세상으로 넘어왔다. 이후 에인션트 드래곤의 몸을 차지하기 위해 노력했으나 단리명의 등장으로 실패로 끝나고 말았다.

*설정상 나이의 기준은 소설의 주요 이야기가 진행되는 시점으로 정했습니다.

— 용어편 —

고룡—7천 년이 지나 세 번째 탈피를 이뤄 낸 드래곤들을 지칭하는 표현.

교황—신성 제국을 다스리는 자. 남부 대륙에 퍼진 모든 종교의 지도자.

네솔루드—천족이 만들었다고 알려진 천병. 마법을 보조

할 수 있는 지팡이로 마나에 신성력을 부여한다. 샤이니아의 애병이다.

남부 연합─반4대 공작 세력의 결집체. 남부의 8개 영지와 동부의 7개 중립 영지로 이루어져 있다. 단리명의 등장 이후 해체되었다.

대신관─신성 제국의 성계 중 가장 높은 지위. 법신관과 동등한 성계이나 교황을 배출할 수 있다는 점에서 법신관보다 실질적인 영향력이 큰 편이다.

데프론─아마데우스의 애병. 채찍. 아마데우스가 직접 만들었다고 전해진다.

라보라─용신검. 하이베크의 애검.

멸마공─천기자가 창안한 무공. 세상의 모든 마를 멸하겠다는 광오한 뜻을 담고 있다.

모이란츠 왕국─하르페 왕국 동쪽에 위치한 나라. 4대 공작 시절 바르카스 공작을 회유해 힘을 키우려 했었다. 파블로 법신관의 서신을 받은 이후 하르페 왕국을 침공했으나 단리명을 감당하지 못하고 대패하고 만다. 이후 단리명과 굴욕적인 종전 협상을 맺는다.

반고룡—5천 년이 지나 두 번째 탈피를 이뤄 낸 드래곤들을 지칭하는 표현.

법신관—신성 제국의 성계 중 두 번째로 높은 지위. 대신관과 동등한 성계이나 교황을 배출할 수 없다는 점에서 법신관만큼의 영향력을 행사하지는 못한다. 그러나 종교재판과 관련해서는 유일한 처벌권을 가지고 있다.

살루딘—마병. 로데우스의 애병.

성신관—신성 제국의 성계 중 세 번째로 높은 지위. 승계할 경우 일반적으로 대신관이 된다.

신성 제국—남부 대륙 남쪽에 위치한 종교 국가. 종교를 통해 남부 대륙 전역에 막대한 영향력을 행사하고 있다. 암암리에 쥬오르 제국을 견제한다.

썬더론—마병. 쥬피로스의 애병

아수라파천도식(阿修羅破天刀式)—단리명이 익힌 극강의 도법.

아이로크 왕국—하르페 왕국 서쪽에 위치한 나라. 4대

공작 시절 티마르 공작을 회유해 힘을 키우려 했었다. 파블로 법신관의 서신을 받은 이후 하르페 왕국을 침공했으나 단리명을 감당하지 못하고 대패하고 만다. 이후 단리명과 굴욕적인 종전 협상을 맺는다.

에인션트 드래곤—과거 어둠을 따른다는 이유로 드래곤 사회에서 쫓겨났던 드래곤들을 지칭하는 표현.

오러(Aura)—검을 통해 외부로 방출된 마나를 지칭하는 말. 오러급 기사들이 펼칠 수 있다.

용아병—드래곤의 뼈를 바탕으로 제작된 해골 병사. 높은 물리 방어력과 마법 방어력을 지닌다.

제13성기사단—신성 제국이 자랑하는 성기사단들 중 가장 강하고 악명 높은 성기사단. 주로 전투보다는 종교재판에 특화되어 있다.

자이렌 왕국—하르페 왕국 서북쪽에 위치한 나라. 4대 공작 시절 칼리오스 공작을 회유해 힘을 키우려 했었다. 파블로 법신관의 서신을 받은 이후 하르페 왕국을 침공했으나 단리명을 감당하지 못하고 대패하고 만다. 이후 단리명과 굴욕적인 종전 협상을 맺는다.

쥬오르 제국—대륙 북부를 통일한 대제국. 삼마와 에인션트 드래곤이 세운 나라로 알려져 있다. 종교적인 문제로 신성 제국과 사사건건 충돌한다.

천마제령술—천마신교의 무공 중 하나로 주로 강시를 제어하는데 사용된다.

천마제혼술—천마신교의 무공 중 하나로 주로 강시의 제어를 방해하는데 사용된다.

천마지존무—천마신교의 무공 중 하나. 천기자의 멸마공을 상대하기 위해 만들어졌다.

천마후(天魔吼)—단리명이 익힌 절대음공 중 하나.

태고룡—1만 년이 지나 네 번째 탈피를 이룬 드래곤들을 지칭하는 표현.

파이어 레인(Fire Rain)—4레벨의 화염계 마법. 하늘에서 불꽃의 비를 내리게 한다. 마법진이나 마나 공명을 통해 마나를 확장시킬 경우 6레벨에 버금가는 효과를 낼 수 있다.

하온—하르페 왕국과 하밀 왕국의 수도.

해비 스톰(Havy Storm)—7레벨 풍계 마법. 범위 마법으로 폭풍을 일으킨다.

헤르카 왕국—하르페 왕국 남쪽에 위치한 나라. 4대 공작 시절 하밀 왕국의 내정에 간섭하지는 않았지만 은밀히 남부 영지를 노리고 있었다. 파블로 법신관의 서신을 받은 이후 하르페 왕국을 침공했으나 단리명을 감당하지 못하고 대패하고 만다. 이후 단리명과 굴욕적인 종전 협상을 맺는다.

호라난 산—쥬오르 제국 북쪽에 위치한 산. 과거 일족의 뜻을 저버린 드래곤들을 봉인했던 곳이었으나 삼마가 차원을 넘은 이후 쥬오르 제국의 성지로 변한다. 그곳에서 비밀리에 세 마리의 태고룡을 깨우려는 계획이 진행되었으나 단리명에 의해 분쇄되고 만다.

홀리 아머—신성 마법의 하나. 대상의 물리적인 방어력을 높여준다. 제한적으로 대상의 물리 공격을 무효화시켜 주기도 한다.

홀리 소드—신성 마법의 하나. 대상의 검을 강하고 날카롭게 만들어 준다.

홀리 스트렝스—신성 마법의 하나. 대상의 공격력을 2배로 강화시킨다.

홀리 헤이스트—신성 마법의 하나. 대상의 몸놀림을 빠르게 만들어 준다.

후텐 왕국—하르페 왕국 동북쪽에 위치한 나라. 4대 공작 시절 발렌시아 공작을 회유해 힘을 키우려 했었다. 파블로 법신관의 서신을 받은 이후 하르페 왕국을 침공했으나 단리명을 감당하지 못하고 대패하고 만다. 이후 단리명과 굴욕적인 종전 협상을 맺는다.

작가후기

마도군주를 처음 연재했을 때가 엊그제 같은데 1년이란 시간이 훌쩍 지나 버렸습니다. 그 당시까지만 해도 건강 상태가 많이 나쁘지 않아서 괜찮을 것이라 여겼는데, 불규칙한 습관과 좋지 않은 작업 자세가 병을 키워 버리고 말았습니다.

연재가 늦어진 점에 대해서는 입이 열 개라도 드릴 말씀이 없습니다. 그래도 개인적으로는 이렇게나마 제가 벌린 이야기를 마무리 지을 수 있다는 사실에 감사하게 생각하고 있습니다.

마도군주는 지나치게 고민하면서 쓰는 제 습관을 바꾸기 위해 선택한 소설이었습니다. 나도 시원시원하고 통렬한 이야기를 쓸 수 있어, 라는 바람에서 비롯된 것이지요. 비록 이런저런 이유들로 인해 절반의 성공으로밖에 마무리 짓지 못했지만 마도군주, 단리명과 함께 한 시간은 무척이나 오랫동안 기억에 남을 것 같습니다. 이 소설이 더욱 성장하는 자양분이 될 수 있도록 앞으로도 더욱 최선을 다해 글을 쓰겠습니다.

늦은 연재에도 많은 편의를 봐 주시고 너그럽게 이해해 주신 뿔 미디어 정필 사장님과 이주현 기획팀장님, 한성재 팀장님, 심재영 편집자님, 손수화 편집자님께 진심으로 감사의 말씀 전합니다. 아울러 마도군주가 출간되기까지 많은 도움을 준 모든 뿔미디어 식구들에게 또한 감사의 마음을 전합니다.

마지막으로 부족한 소설을 받아 주신 대여점주님들과 애독해 주신 독자 여러분들께도 감사의 말씀 전합니다.

추후 더 좋은 소설로 찾아뵙겠습니다. 그때까지 몸 건강하세요.

마도 군주를 마치며
진천 배상

마도군주

1판 1쇄 찍음 2011년 4월 25일
1판 1쇄 펴냄 2011년 4월 28일

지은이 | 진천(振天)
펴낸이 | 정 필
펴낸곳 | 도서출판 **뿔미디어**

기획 | 이주헌, 문정흠, 손수화
편집책임 | 심재영
편집 | 장상수, 이재권, 조주영, 주종숙, 이진선
관리, 영업 | 김기환, 김미영

출판등록 | 2002년 9월 11일 (제1081-1-132호)
주소 | 부천시 원미구 상3동 533-3 아트프라자 503호 (우)420-861
전화 | 032)651-6513 / 팩스 032)651-6094
E-mail | BBULMEDIA@paran.com
홈페이지 | www.bbulmedia.com

값 8,000원

ISBN 978-89-6639-030-4 04810
ISBN 978-89-6359-194-0 04810 (세트)

※파본은 본사나 구입하신 서점에서 교환하여 드립니다.

보건복지부위탁 실종아동전문기관의

『Missing child』 iPhone용 무료 어플리케이션

홍보 캠페인에 <u>도서출판 뿔 미디어</u>가 함께합니다!

《주요 기능》

● 실종된 아동의 사진 및 실시간 발생되는
   실종 아동 사진 검색 및 제보 기능
● 미취학 아동을 위한
   실종 예방 인형극 영상 및
   노래, 애니메이션
● 취학 아동을 위한 유괴 예방 영상

실종아동전문기관 홈페이지 <u>(www.missingchild.or.kr)</u>
또는 애플의 앱스토어에서 무료로 다운로드 받을 수 있습니다.
실종 · 유괴 없는 행복한 세상을 위해 여러분의 소중한 관심과
많은 참여를 바랍니다.

MEDIA

참신하고, 끼와 재미가 넘실대는
신무협·판타지 소설을 모집합니다.

참신하고, 끼와 재미가 넘실대는 신무협 판타지 소설을 모집합니다.

많은 장르 소설 작품을 보아 오며,
"나라면 이렇게 할 텐데……."
라고 생각하며 떠올렸던 기발한 소재와 아이디어가 있다면,
마음껏 지면에 펼쳐 보시기 바랍니다.

뛰어난 문장력? 정교한 구성력?
그런 건 그다지 중요하지 않습니다.
재미와 참신함으로 중무장된 작품이라면 열렬히 대환영입니다!

소재에 제한은 없으며, 분량은 한 권(원고지 850매 내외)입니다.
작성 양식은 자유이며, 보내실 때는 꼭 파일로 작성하여 이메일로 보내 주시기 바랍니다.

다만, 호환 마마에 버금가는 미풍양속을 저해하는 단란한 내용은 사절입니다.
특히 엔터 신공은 절대불가! 최고 결격 사유입니다.

저희 도서출판 뿔미디어와 함께
즐겁고 유쾌하게 작가의 꿈을 키워 나가시기 바랍니다.
홈페이지로도 많은 참여 바랍니다.

홈페이지 오픈
www.bbulmedia.com

부천시 원미구 상3동 533-3 아트프라자 503호 (우)420-861
도서출판 뿔미디어 작품 모집 담당자 앞
전 화 : 032-651-6513   FAX : 032-651-6094
이메일 : bbulmedia@paran.com